I LEMURI

Costanza DiQuattro
L'ira di Dio

Baldini+Castoldi

Pubblicato in accordo con Grandi & Associati

ISBN 979-12-5494-120-1

Prima edizione Baldini+Castoldi - La nave di Teseo febbraio 2024

www.baldinicastoldi.it
info@baldinicastoldi.it

A Giovanni, mio zio
nume tutelare degli incontri di famiglia

All'unnici ri innaru a vintun'ura
tuttu lu munnu si misi 'nruvina
se nun era pi Maria, nostra patruna,
tutti forrumu muorti all'ura a ora.
Ri tannu a ora, forrumu muorti tutti
se Maria nun facia li nuostri parti!
Ora si parra ri ghiuriziu e morti
a vintun'ura tri credi e tri quarti.

L'undici di gennaio a ventun ora
tutto il mondo cadde in rovina
se non era per Maria, nostra patrona,
non esisteremmo più d'allora a ora.
Da quel momento a ora, saremmo morti tutti
se Maria non avesse preso le nostre parti!
Ora si parla di giudizio e morte
a ventun ora tre credi e tre quarti.

Capitolo 1

Ibla, 14 dicembre 1692

Lo scampanellio del chierichetto lo aveva, come d'incanto, riportato alla realtà della sua plumbea sacrestia.

S'era già vestito, indossando la cotta, l'amitto e la stola, ma l'aveva fatto per inerzia, con quella distratta abitudine che si presta ai gesti ripetuti nel tempo.

Padre Costante, che aveva imparato a conoscerne i frequenti straniamenti, lo ricondusse ai suoi doveri sfiorandogli una spalla.

«Andiamo?»

Lui annuì, senza enfasi, né alcuna smorfia che potesse lasciare trasparire un'emozione.

Impassibile, incrociò le mani all'altezza dell'ombelico e prese a muoversi con passi sicuri, quasi ieratici. Seguì silenziosamente il frate cappuccino che da sei anni concelebrava con lui, con una rassegnazione dolente.

Un occhio attento avrebbe scorto un uomo condotto al patibolo; le poche fedeli di quella chiesa, di quel pomeriggio di dicembre, si limitarono a vedere un sacerdote pronto alla celebrazione vespertina.

Si posizionò sull'altare maggiore, volgendo le imponenti spalle alle tre donne che nascondevano il capo sotto un velo nero e iniziò la liturgia.

«*In nomine Patris, et Filii et Spiritus Sancti. Amen. Introìbo ad altarem Dei.*»*

«*Ad Deum qui laetificat iuventutem meam*»,** rispose il piccolo coro scoordinato.

«*Iudica me, Deus, et discerne causam meam…*»***

E mentre pronunciava quelle parole percepì, distintamente, il ritmo del respiro delle donne che virava da un'ordinaria mestizia a un'ilare condanna.

Si indispettì, iracondo com'era, e prese a correre facendo scivolare la liturgia latina verso un ammasso irrispettoso di farfugliamenti.

«Del resto», come ebbe a dire un giorno a padre Costante, «latino, o greco, o turco, per questi qui non cambia nulla. L'importante per loro è sentirsi santificati e soprattutto assolti.»

E padre Costante aveva alzato le spalle non sapendo se ammonire il suo parroco per quella eresia o quel popolo ipocrita e lascivo che puntava il dito pretendendo sempre una assoluzione.

Finita la messa, con una sbrigativa benedizione priva di slanci e vocazione, padre Bernardo riprese l'andatura patibolare e ritornò in sacrestia.

A Gasparino, il suo chierichetto tutto pulci e denti

---

* In nome del Padre, del Figlio e dello Spirito Santo. Mi accosterò all'altare di Dio.

** Al Dio che rende lieta la mia giovinezza.

*** Fammi giustizia, o Dio, e difendi la mia causa.

storti, diede una pacca sulla natica destra e lo esortò a tornare a casa.

«Torna a casa Gasparino, che tra poco si fa scuro e se a Nostro Signore non ci spercia di fare brillare le stelle, tu ti scanti e ti troviamo domani mattina pisciato fino ai capelli.»

Il bambino sorrise, si sfilò la tunichetta dal collo, la ripiegò con cura, prima che padre Costante la mettesse dentro il grande mobile di legno nero, e scappò fuori.

«Quanto abbiamo detto che ha Gasparino?» chiese Bernardo al frate.

«Nove anni, mi pare.»

«Non è basso per avere nove anni?» chiese distratto mentre riponeva la stola.

«L'avete stabilito voi, reverendo padre. Quando è arrivato in convento non aveva più di tre, forse quattro anni.»

«E sono già passati cinque anni?» domandò Bernardo stupito.

«Proprio così», constatò laconico l'altro.

«Ma ha amici in convento? Coetanei come lui? Fra Guglielmo lo fa studiare?»

«Ha imparato a leggere, a differenza degli altri che non vogliono saperne. Gasparino dice sempre che vuole diventare come a Voi.»

«I bambini...» sospirò Bernardo abbozzando un sorriso di gratitudine, «sanno trovare bellezza dove gli altri vedono solo peccato; Dio li protegga.»

I due alzarono gli occhi al cielo e si segnarono la fronte.

La luce del giorno aveva lasciato spazio a un crepuscolo

violaceo. Le striature azzurre e rosa rigavano il cielo come rivoli di inchiostro caduti sul foglio bianco.

Bernardo si incantò a osservarle. Nelle loro forme indefinite lesse ciò che voleva leggere, da quei colori seppe ciò che voleva sapere.

Del resto faceva sempre così: attribuiva a eventi del tutto casuali il valore di segni, di risposte evidenti a domande complesse.

Aveva cominciato da bambino, per scherzo.

«Chissà per quale ragione tu sei più grande di me. Eppure siamo gemelli...» aveva chiesto una sera a suo fratello mentre stavano sdraiati col naso all'insù a contemplare il cielo. E prima che quello potesse rispondere aveva continuato: «Ecco, l'hai vista?»

«No», rispose Eligio guardandosi intorno.

«Una scia, una scia luminosa nel cielo, l'hai vista?»

«Ma dove? Non ho visto nulla», disse il fratello.

«Sai cosa significa?»

Eligio scuoteva la testa confuso.

«È una risposta alla mia domanda: la scia è apparsa nel momento in cui ti stavo domandando perché sei più grande di me.»

«E quindi?» lo aveva incalzato Eligio sgranando gli occhi.

«E quindi non lo so, caro fratello, ma con il tempo vedrai che saprò comprendere e interpretare.»

E fu quello che avvenne.

Con il tempo, Bernardo si servì delle stelle, ma anche dell'acqua, e del sole, e del vento e di tutti i fenomeni atmosferici per darsi risposte calibrate a domande perlopiù sbagliate.

Non che ci credesse davvero nemmeno lui. Aveva ricevuto un'istruzione cattolica scevra di superstizioni, quella religiosa ma seria di stampo agostiniano. Questo gusto per la divinazione però lo divertiva molto, come se porre domande e trarre risposte dalle stelle o dal vento riuscisse a metterlo, almeno per pochi istanti, in relazione con Dio.

«Padre Bernardo hanno bussato», sussurrò padre Costante.

«A quest'ora? Andate voi sarà qualche questuante… dategli qualcosa.»

Dopo pochi istanti si presentò sull'uscio della sacrestia un lacchè, tutto tirato a lucido, strizzato dentro una livrea verde acqua. Aveva ampollosi merletti che fuoriuscivano dalla giacca di seta e sui pantaloni alla zuava: Bernardo riconobbe il segno inconfondibile della famiglia di appartenenza.

Era un ragazzo, forse per la prima volta ripulito dagli stracci e vestito da cameriere di palazzo. Sudava e del suo impaccio Bernardo provò compassione.

«Volete confessarvi?» domandò padre Costante ma Bernardo lo fermò con un cenno della mano e gli indicò di uscire.

Quando il frate cappuccino si fu allontanato, Bernardo parlò.

«Vi manda mia madre o mio fratello?»

Il ragazzo abbassò gli occhi come se volesse vedere meglio quelle scarpe strette dentro le quali credeva di impazzire e bisbigliò: «Vostra madre, reverendo padre».

«È cosa urgente?»

«Disse vostra madre, la signora baronessa…»

«Lo so chi è mia madre!» lo redarguì Bernardo.

«Scusassi, reverendo padre», fece il ragazzo torturandosi le nocche. «Disse vostra madre che è cosa urgentissima e che vossignoria deve allistirisi ad andare a palazzo perché la signora baronessa, che è vostra madre, è avvampata di ragghia che pare un dimonio.»

Bernardo scrutò il ragazzo con severità poi, stringendosi le braccia incrociate al petto, cominciò a passeggiare avanti e indietro nella sacrestia sempre più buia.

«Come hai detto che ti chiami?»

Il ragazzo rimase sorpreso. Lungo il tragitto fino alla chiesa dell'Itria, s'era ripetuto mille volte le parole che avrebbe dovuto dire al padre parroco. Adesso quella domanda, per quanto semplice, lo metteva in imbarazzo per la confidenza inaspettata da parte di un uomo di cui l'intera città sparlava.

«Giorgio… ma tutti mi chiamano Giurgiuzzo.»

«E come è che non ti ho mai visto prima?» gli domandò inquisitorio Bernardo.

«È una luna sana che travagghio al palazzo da vostra madre, la…»

«Baronessa, lo so», lo interruppe Bernardo. «E dunque mia madre, la baronessa, sarebbe un dimonio?»

Il ragazzo divenne paonazzo.

«No reverendo padre, m'avissa pigghiari un colpo se ho pensato mai che vostra madre, la baronessa, è un dimonio; ho detto che *pare* un dimonio, oggi tanticchia di più.»

Bernardo lo fissò torvo e dopo pochi istanti scoppiò in una fragorosa e liberatoria risata.

E mentre il buio si impossessava di ogni angolo di

quella sacrestia lasciandone nell'oscurità gli oggetti, Bernardo, con fare quasi suadente, si avvicinò all'orecchio del ragazzo e bisbigliò: «Mia madre è *il* dimonio».

Poi si schiarì la voce e tuonò: «Padre Costante, una lanterna per favore; si va a palazzo».

Capitolo 2

Ibla, 14 dicembre 1692

La luce fioca della lanterna creava lunghe e inquietanti ombre tra le stradine scoscese e asimmetriche della città.

Una fitta griglia di scale, viuzze, discese e salite separava la piccola chiesa della Madonna dell'Itria da Palazzo L'Arestia Corbara.

Bernardo conosceva bene quel reticolato impervio, ma da quando gli erano state affidate le anime scontrose del quartiere degli Archi, si teneva alla larga dalla zona ben più aristocratica della piazza, quella dove la sua famiglia risiedeva stagnante.

I passi dei tre, dettati da padre Bernardo, furono pertanto lenti e calibrati, simili a quelli patibolari che avevano introdotto la liturgia eucaristica.

Ibla, sciupata e stanca, di notte ricordava il lamento flebile di una prefica piangente che all'alba si trasformava nel vociare di una donnaccia spudorata.

I rumori della sera suonavano perciò inquietanti e mesti così come il rimbombo cadenzato delle scarpe dei tre uomini.

Girato l'angolo della piazza, Bernardo si trovò innanzi

la grande chiesa di San Giorgio e poco più in là vide l'imponente e tetro prospetto della sua casa, una delle poche illuminate da candele oltre le persiane chiuse e da fiaccole ai lati del portone centrale.

Giurgiuzzo accelerò il passo e batté deciso quattro colpi con la mano: due più forti e due appena accennati.

«Sarà un nuovo codice», chiosò Bernardo a voce alta.

Sentirono i passi frenetici di un servitore e poi di un secondo; in pochi istanti, i due battenti si spalancarono, svelando due ossequiosi inchini.

Padre Costante, che teneva la lanterna dalla luce tremula, entrò per primo facendo strada al suo parroco.

«Beneditemi, padre...»

Una voce, rauca e sommessa, filtrò da un angolo dell'androne.

Bernardo si voltò e si diresse, sicuro, nell'oscurità delle tenebre, oltre un piccolo sottoscala.

«Siete voi, Felicia?»

La vecchia tastò l'aria e finalmente gli afferrò la mano, baciandola.

«La fronte dovete baciarmi, non le mani. Come quando ero bambino, ricordate?»

Bernardo si piegò a favore di quelle labbra rugose e attese il bacio.

«Chi vi ha messa qui sotto, fra i topi e la paglia?»

La vecchia scosse vigorosamente la testa.

«Fui io ca u domannai a vostra madre. Non ci viru bona e cammino male. Ca sutta di journu c'è un passìo grande... un poco parru e un poco ascolto...»

Bernardo conosceva bene Felicia. Li aveva cresciuti,

lui ed Eligio, con tutto l'amore di cui la loro madre non era stata capace. Era una donna incolta ma di rara bontà: un tantino oltre misura in giovinezza, per il piglio deciso e volitivo. Tuttavia, quando calava la sera aveva l'abitudine di stringere i due bambini al suo molle seno e loro, in quel calore di latte, avevano trovato sempre uno spiraglio di felicità.

«Bisogna ascoltare e mai giudicare...» la ammonì bonariamente Bernardo.

«Sempre accussì siete stato: squeto, nervusu, ostinato. Però lo so io che cuore avete... lo so io!»

Lui sorrise, grato, poi le impose le mani sulla fronte e sussurrò una benedizione.

«E ora andate a dormire.»

«Ci vado, però voi promettetemi ca nun finisci a vuci e n'fierno...»

Ma prima che la vecchia finisse di parlare, Bernardo aveva già preso a salire i gradini verso il piano nobile.

La lunga infilata di salotti, che dall'ingresso si proiettava in profondità, aveva assunto negli anni la mestizia del lutto.

Tutto aveva preso la forma imprecisa del dolore. Da quando il barone era morto ed Eligio si era ammalato, Palazzo L'Arestia Corbara era afflitto da una sorta di perenne afflizione.

Di giorno i raggi del sole filtravano solo dalle imposte serrate mentre la sera, la luce di poche candele conferiva a quella mole immensa un'aura di ineludibile angoscia.

Bernardo sapeva bene dove sua madre lo avrebbe atteso, magari torturandosi le mani ormai screpolate e coperte dai guanti di merletto.

Però accettò che Giurgiuzzo giocasse il suo ruolo per intero, dandogli la soddisfazione di portare a termine un lavoro impeccabile: condurre fino alla temibile baronessa il suo figlio sbagliato.

E infatti il lacchè attraversò i salotti con piglio sicuro e si fermò, impalato, di fronte a una porta.

Bernardo gli si mise accanto e insieme attesero nel buio padre Costante che arrancava.

Due colpi, questa volta lievi, annunciarono il loro arrivo a chi attendeva all'interno.

«Avanti», mugugnò una voce di uomo.

Giurgiuzzo aprì la porta ed entrò.

«Signora barunissa, suo figlio arrivò.»

La donna annuì e con un gesto della mano congedò il servitore.

La stanza, illuminata solo da due candelieri poggiati sulle maestose consolle, era somigliante più a una chiesa che a un salotto.

Una quantità esorbitante di santi, rosari, corone di spine, Addolorate, crocifissi e martiri trafitti aveva spodestato dalle pareti le grandi tele di tempi più felici, raffiguranti belle vedute di campagna e dame sorridenti.

Vi era poi un nauseabondo odore di incenso dal quale Bernardo si sentì travolto.

Donna Ninfa De Torres, spagnola trapiantata, suo malgrado, a Ibla, viveva in Sicilia da quarantaquattro anni, di cui quaranta trascorsi in lutto stretto; lutto al quale aveva aggiunto la disperazione per la menomazione del primogenito.

La vita della donna – forse un tempo giovane ma determinata, fin da bambina, ad abbracciare la vecchiaia – si muoveva tra la cappella di famiglia e l'unica stanza che lei riteneva non infestata da spiriti demoniaci.

Perché donna Ninfa, sposata al barone L'Arestia Corbara a soli quindici anni, era stata, in verità, strappata alla vita claustrale. I suoi più lieti ricordi, o forse gli unici, erano legati ai silenzi monastici, alle continue preghiere e a quelle ripetute punizioni corporali che la nobile spagnola riteneva purificatrici dell'anima. Il matrimonio, quindi, era stato per lei una condanna. Così come una tragica tortura era stata l'unione carnale a quello sposo che lei non aveva voluto.

Ci vollero due anni prima che la giovane coppia mettesse al mondo, con un travagliatissimo parto gemellare, due eredi maschi: Eligio e Bernardo.

Voci di palazzo sostennero, in seguito, che il barone L'Arestia Corbara e donna Ninfa, carnalmente, non si incontrarono mai più, e che la morte prematura del marito fosse stata causata dal flusso, talvolta smodato, di tutte quelle prostitute che accompagnavano le solitarie notti del giovane sposo.

Di fatto donna Ninfa, rimasta vedova a soli diciannove anni, indossò la funesta veste nera e decise di privare il mondo del suo bel viso. Da Madrid, il padre, per alleviare l'infelicità della figlia, inviò padre Fernando, un domenicano intransigente e impietoso: l'uomo al quale donna Ninfa avrebbe poi deciso di affidare l'educazione dei suoi figli.

Eligio e Bernardo crebbero, pertanto, tra l'afflitto dolore d'una madre insoddisfatta e il crudo rigore di un prete inflessibile.

L'incidente di Eligio, poi, devastante e doloroso, aveva aggravato il clima già funereo che impregnava ogni angolo del palazzo. Cominciò a circolare, sotto la spinta di padre Fernando, la convinzione che la casa fosse infestata da spiriti maligni e che il demonio stesso avesse allungato le sue caprine zampe sulla nobile casata iblea.

Si chiamarono alti prelati dalla cattolicissima Spagna ma anche umili monaci eremiti: santi uomini trascinati a forza in città nella speranza che esorcizzassero il male. Tutti i camerieri, gli sguatteri, i lacchè, i cuochi e le lavandaie dovevano quotidianamente sottoporsi a una speciale benedizione e confessare ogni loro peccato al temutissimo padre Fernando.

A nessun estraneo veniva più concesso di entrare nel palazzo; l'ala ovest, quella in cui un tempo sfavillavano i salotti delle feste, venne serrata, gli specchi oscurati da drappi neri e le molte camere da letto ridotte a celle monastiche. Gli inginocchiatoi sostituirono le tolette e ritratti di santi e Madonne i quadri. Tra cilici e rosari tutto divenne misura del peccato e condizione del perdono.

Bernardo, irrequieto, iracondo e sovversivo, detestava quella casa. Odiava la luce fioca, le continue benedizioni e l'eterna minaccia delle porte dell'Inferno spalancate sul suo spudorato sorriso.

Tutte le volte che era costretto a varcare la soglia del palazzo, sentiva un nodo stringergli la gola e bloccargli il respiro. Anche quella sera, per un attimo, Bernardo si sentì venir meno.

La figura di sua madre, statica, quasi di cera, lo inibiva. Quel profumo lo nauseava, quel silenzio lo angosciava e quel prete, immobile, accanto alla finestra, lo riportava indietro nel tempo, facendogli risentire in bocca il dolciastro sapore del sangue; quello che sgorgava copioso dopo gli schiaffi punitivi.

«Buonasera madre», disse a denti stretti.

La donna tese la mano con freddezza e lui si chinò a baciarla.

«Vi siete portato dietro padre Costante...» constatò donna Ninfa senza togliere gli occhi di dosso al figlio.

«Accompagna da molti anni la mia anima perduta», rispose lui provocatorio.

Donna Ninfa fece una smorfia rabbiosa e guardò padre Fernando; quello serrò la mandibola e lanciò un'occhiata di disapprovazione.

«Voi sapete perché vi ho convocato?» riprese donna Ninfa.

«Lo presumo.»

«E il vostro fedele padre Costante lo sa?»

Quello, chiamato in causa, fece d'istinto un passo in avanti e brandendo tra le mani la lanterna spenta annuì.

La donna trasse un sofferto respiro.

«Prima che abbia inizio questa dolorosa discussione riceviamo la benedizione di padre Fernando, nella speranza che possa allontanare il maligno dal vostro animo, maligno che risiede da sempre nelle pieghe del vostro cuore.»

Bernardo guardò di sottecchi padre Costante e accennò un impercettibile sorriso.

Poi abbassò il capo.

Capitolo 3

Ibla, 14 dicembre 1692

«Parlate voi, padre Fernando.»

Donna Ninfa, che s'era inginocchiata per la benedizione, aveva ripreso posto sulla poltrona di ormai consunto velluto blu e puntava il figlio come una preda prima dell'assalto. Gli occhi, dall'iride gialla striata di nero, erano socchiusi e un reticolato inclemente di rughe li circondava disegnando l'età.

Il cappellano si stirò addosso la tonaca nera. Di fronte a lui, come imputati, ciondolavano Bernardo e padre Costante.

«Bernardo, con il beneplacito della signora baronessa, mi sono interessato, già molti mesi addietro, affinché la vostra posizione in seno al clero ibleo diventasse degna del sangue nobile che scorre nelle vostre vene, e dell'integerrima vita di vostra madre e dell'onore della vostra intera famiglia. Con una simile ascendenza, dovreste aspirare a ben più che all'umile conduzione d'una chiesetta di un quartiere periferico e per giunta soggetta al parroco di San Giovanni.» Bernardo ascoltava le parole del suo antico e temibile precettore ma, più ancora, osservava con crescente preoccupazione l'incessante agitarsi delle mani della madre. In lei, avvezza a ogni crudeltà pur di avere salva l'anima, vibrava una rabbia crescente; più il canonico Fernando parlava più lei si torturava le dita ossute e queste, a loro volta, torturavano la passamaneria dei braccioli, ridotta a brandelli.

«Ho scritto personalmente al conte e questi, Dio lo benedica, aveva rassicurato me e vostra madre che, nei primi giorni dell'anno venturo, avreste ricevuto il prestigioso incarico di arciprete della chiesa madre di San Giorgio. Quella è la sede naturale per un uomo di Dio di nobili origini...»

Bernardo, che si era stancato di stare ad ascoltare impettito quell'estenuante preambolo, s'era messo le mani dietro la schiena dondolandosi senza contegno avanti e indietro.

«E invece voi, con la vostra condotta sconsiderata...»

Ma prima che lo spagnolo potesse finire, donna Ninfa puntando l'indice contro il figlio irrequieto gridò: «Avete rovinato tutto!»

Bernardo si piantò nuovamente stabile sui due piedi e padre Costante ebbe un sussulto.

Più volte il fedele cappuccino aveva assistito a rimproveri e sfuriate ma questa volta sapeva che la situazione s'era irrimediabilmente incrinata. Del resto lui stesso, per l'affetto che lo legava a padre Bernardo, aveva cercato di moderarne il comportamento ma quell'uomo, dalle straordinarie capacità emozionali, era risoluto e testardo come un mulo.

La sua schiettezza aveva in sé il piacere della provocazione e in quel piacere, Bernardo, realizzava una antichissima vendetta, sapientemente covata tra le pieghe dell'anima.

«Non abbiate pena per me, madre», stava infatti replicando, perfido, Bernardo, «e neanche voi padre Fernando; non era un titolo al quale ambivo per cui posso farne volentieri a meno.»

Gli occhi di donna Ninfa da gialli diventarono rossi. Le fessure si spalancarono in cerchi perfetti, irrorati di sangue. Una vena, che dalla tempia risaliva fino all'attaccatura dei capelli, cominciò a pulsare vistosamente e la donna si fece paonazza, tramutando il nobile pallore con il rubicondo d'una contadina.

«Siete uno stolto, un'anima votata al demonio. Da quando siete nato avete portato solo disgrazie nella mia vita e distrutto quella di vostro fratello. Voi, che non avete mai rispettato le regole, che avete infangato questa famiglia, il nome di questa famiglia, l'onore di questa famiglia. Adesso come osate rivolgervi così a me che sono vostra madre? Come vi permettete una tale sfrontatezza con padre Fernando, lui che con ostinazione ha voluto provvedervi di un futuro? Futuro che la vostra incostanza, la vostra dissolutezza e la vostra incapacità stanno distruggendo prima ancora che l'abbia potuto creare.»

Donna Ninfa s'era alzata e, sempre col dito puntato, si era portata a pochi centimetri da quel figlio disprezzato e di fatto sconosciuto.

Bernardo la osservò con l'indifferenza che si riserva a un'estranea e poi sorrise.

Era quella la sua arma. L'aveva affinata nel tempo, o sarebbe meglio dire affilata.

Aveva fatto di quel sorriso la sua personale rivalsa. Aveva cominciato un giorno, per caso.

Eligio – che a soli due anni aveva ereditato il titolo di barone – già da bambino era bloccato dalle sue gambe paralizzate su una seggiola speciale costruita su ruote apposta per lui. Spesso, implorava Bernardo di scorrazzarlo tra i salotti chiusi e interdetti. E lui, pur di vedere felice il fratello, lo spingeva di corsa per i lunghi corridoi. Finché Bernardo chiese a Eligio di non farlo più: l'ultima volta padre Fernando lo aveva frustato a dovere e per cinque, lunghissimi, giorni, gli era stato imposto il digiuno.

«Se Nostro Signore Gesù Cristo ha digiunato quaranta giorni, tu, perfido e ingrato ragazzino, potrai resistere cinque.»

Eligio, tuttavia, continuava a insistere e Bernardo, sentendo in sé come una colpa il fatto di avere le gambe funzionanti, lo accontentò.

La lunga infilata di colorate stanze si apriva agli occhi dei bambini come un luogo magico e avventuroso. Era il proibito a rendere straordinaria la cosa, più ancora di quanto lo fosse realmente.

Chiusa la porta alle sue spalle, Bernardo sussurrò all'orecchio di Eligio «Sei pronto?», e quello annuì più volte con gli occhi spalancati di gioia e le mani ancorate ai braccioli.

Corsero avanti e indietro, schivando poltrone e consolle, girando intorno ai tavolini e frenando bruscamente a ridosso delle pareti. Andarono avanti così, fintanto che Bernardo ebbe fiato in corpo e suo fratello felicità nel cuore. Poi qualcosa andò storto.

Fu forse un tappeto arrotolato male o magari un avvallamento della pece sul pavimento, ma la carrozzina si bloccò di colpo ed Eligio volò via, leggero com'era, sbattendo contro un cassettone di ebano. Il sangue che sgorgò copioso dal sopracciglio del bambino fu la causa principale della crudelissima punizione. Bernardo fu costretto a imitare con ancora più perfezione le orme di Nostro Signore. Digiunò a pane e acqua per dieci giorni e quando uscì dalla stanza dove era stato confinato, invece di piangere, sorrise.

Aveva gli occhi incavati, la pelle bianca e i capelli castani unti di sudore e lacrime; ma quelle lacrime non le videro mai né donna Ninfa né padre Fernando. Furono lacrime private o assaporate di notte, quando i morsi della fame aggredivano lo stomaco. Dinanzi ai suoi carcerieri Bernardo sorrise orgoglioso e quel sorriso stizzì così tanto sua madre da farle chiedere, per quel figlio impertinente, continue «benedizioni». Da allora, Bernardo, aveva usato il sorriso come arma e forse come scudo. Alle molteplici punizioni che seguirono e alle infinite ammonizioni, rispose sempre con un sorriso, sfacciato, insolente, soddisfatto.

Anche quella sera, ignorando il dito che sua madre gli puntava contro notando invece di quante rughe fosse capace il suo viso, Bernardo sorrise.

«È preda del demonio!» urlò donna Ninfa cercando l'aiuto di padre Fernando.

«È il demonio che si impossessa di voi così che non vediate l'abisso dei vostri errori. Dal maligno viene il ghigno che rivolgete alla vostra povera madre, dinanzi allo scandalo, alla vergogna. Voi siete posseduto Bernardo, siete posseduto!» gridava donna Ninfa disperata.

Ma Bernardo continuava a sorridere e più sua madre si alterava più quel sorriso si trasformava in una grassa risata. Continuarono così per minuti che al povero padre Costante parvero ore, poi Bernardo si quietò, alternando brevi sussulti a respiri profondi, come dopo una grande fatica. Donna Ninfa, anch'ella esausta per le grida e convinta di aver scacciato, con l'ausilio di padre Fernando, il demonio attraverso la preghiera, si accasciò scomposta sulla poltrona.

Sul campo da combattimento rimanevano solo corpi inermi; finalmente si sarebbe potuto cominciare a parlare.

E così fu.

«Da quanto tempo vive con voi?» domandò la baronessa con un filo di voce.

«Più di un anno», rispose Bernardo sfregandosi il viso con le mani.

«Siete nel peccato mortale», tuonò padre Fernando, in un rigurgito di ammonizione.

«Forse...» mugugnò Bernardo osservandosi le unghie irregolari.

«Bernardo, ragionate.» Questa volta la voce acida e tagliente di donna Ninfa si era fatta pacata, ai limiti della tenerezza; Bernardo stentò a riconoscerla.

«Avete viaggiato molto e studiato a lungo. La vostra formazione è stata severa e votata alla missione di Dio. Voi siete vicino a Nostro Signore e potete ambire a molto, moltissimo. Perché rovinare la vostra vita per una... per una...»

«Per una donna», concluse Bernardo quasi distratto.

Lei si morse il labbro inferiore, trasse un lungo respiro e ricominciò.

«Padre Fernando le troverà una sistemazione; vi prometto che non le verrà torto un capello e avrà di che vivere. Domani all'alba verranno due lacchè a prenderla! Questa situazione dovrà cessare immediatamente e le persone che diffondono maldicenze verranno messe a tacere».

Bernardo aveva d'improvviso mutato l'espressione del viso; il suo ostentato sorriso aveva lasciato spazio a una maschera di rabbia e la posizione dinoccolata s'era fatta rigida.

«Sapete chi è davvero vicino a Nostro Signore?»

La donna, temendo una blasfemia, aveva preso a fare compulsivamente segni della croce mentre il cappellano brandiva, come una spada, l'aspersorio con l'acqua benedetta.

«È l'anima innocente che cresce nel grembo di quella donna!»

«*Vade retro Satana, vade retro!*» urlava padre Fernando mentre la baronessa si premeva con forza le mani contro le orecchie e stringeva le palpebre.

«Salutatemi Eligio, un giorno o l'altro gli farò conoscere suo nipote.»

E così dicendo uscì dalla stanza seguito da padre Costante, mentre uno strano vento caldo soffiava da est.

Capitolo 4

15 dicembre 1692

La messa mattutina delle sei, per Bernardo, era da sempre una piccola, personale, tragedia. Se c'era una cosa capace di appagarlo pienamente, liberandolo dal tumulto dell'anima, quella cosa era dormire.

Sotto le coperte ammucchiate, nudo come Dio l'aveva fatto, Bernardo trovava pace, come se tutti i dubbi che si affastellavano in lui quotidianamente di colpo si spegnessero, scivolassero via, lasciandolo lieto nel suo paradiso di lino e lana.

Per evitare, dunque, che il sonno nel quale Bernardo riusciva a sprofondare lo distogliesse dal primo doveroso impegno del giorno, padre Costante, alle cinque e mezza scampanellava sotto il suo balcone producendo un suono insistente e fastidioso.

Ci metteva un po', Bernardo, ad aprire gli occhi, e quando ci riusciva, si affacciava e con un gesto della mano finalmente azzittiva il frate.

Quella mattina, invece, Bernardo si svegliò subito, fece cenno all'amico di essersi alzato ma poi si rimise a letto.

Tresina dormiva placida.

Stesa sul fianco sinistro, si contornava il viso rotondo con le sue stesse braccia. La lunga camicia da notte seguiva morbida le rotondità del corpo, esaltando quella bellezza materna che le si spandeva addosso.

Bernardo piegò il gomito e portò la guancia alla mano, godendosi la scena.

Il respiro disteso della donna gli regalava una straordinaria felicità; il suo alito caldo rappresentava l'unica casa che riconoscesse come rocca inespugnabile.

Si avvicinò piano per coglierne l'odore e poi la scoprì lentamente facendo attenzione a non svegliarla.

La guardò soddisfatto: negli ultimi mesi Tresina era tanto stanca quanto bella.

Gli occhi le erano diventati languidi e le labbra turgide avevano preso il colore vermiglio delle rose.

I suoi capelli fiammeggiavano d'oro e i suoi seni erano pronti per sfamare la vita.

Si sentiva compiaciuto perché, in parte, si considerava artefice di quella inusitata bellezza.

Contemplò poi il ventre rigonfio; da qualche tempo l'ombelico era spinto all'infuori e una strana striscia di peluria le aveva disegnato una piccola strada.

Fece per accarezzarla ma si bloccò, voleva proteggere ancora un po' la dolcezza del suo riposo. Avrebbe piuttosto desiderato guardarla per sempre, in quel letto, in quelle ultime ore della notte, prima che la luce invadesse il sonno e riportasse l'asprezza del giorno.

Ripensò al loro primo incontro, lui ubriaco e sfatto, lei umiliata e sola. Due anime in fuga, ferite, annientate.

Bernardo aveva appoggiato le larghe spalle contro il portone del convento dei frati cappuccini, l'unico luogo dove si sentisse veramente al sicuro dopo l'aspra rottura con i confratelli agostiniani, lei invece cercava riparo, tra le lacrime, dopo una notte fuggitiva. L'alba stava violentando la notte e loro due, per uno strano caso del destino, si trovarono l'una di fronte all'altro.

Si sorressero a vicenda fin quando il padre portinaio non li accompagnò dentro.

«Reverendo padre che fate a quest'ora? E in queste condizioni poi...» commentò con una nota di leggera disapprovazione; poi scrutò la ragazza.«Benedetta figliola ma cosa vi è successo? Entrate su...»

Si chiamava Adelmo il padre portinaio del convento dei cappuccini; tutto da solo, negli anni, aveva deciso di dare sempre rifugio a Bernardo, anche quando si presentava impresentabile.

Gli preparava una bevanda di alloro e sale e gli offriva riparo nella sua cella, lontano da occhi indiscreti e pettegolezzi miseri. Il giorno dopo Bernardo si svegliava sobrio e con un gran mal di testa. Ringraziava frate Adelmo per l'accoglienza e la riservatezza e ritornava alla sua vita. Quella notte però la ragazza spiazzò entrambi.

Bernardo, malfermo e in preda alla nausea, sembrava boccheggiare mentre lei, con le carni graffiate e lercia, se ne stava rannicchiata in un angolo soffiandosi sulle ferite.

«Padre», chiese Adelmo offrendogli la solita bevanda, «avete mai incontrato prima d'ora questa ragazza?»

Bernardo, nonostante la confusione dell'alcol, ebbe chiara la domanda.

«Mai», rispose biascicando.

«E sapete chi l'ha condotta qui? Avete veduto qualcuno accanto a lei?»

Bernardo lo guardò torpido poi sorrise, gli accarezzò il viso rubicondo e sprofondò in un sonno confuso.

Al suo risveglio, dopo poche ore, non trovò più frate Adelmo, ma nello stesso posto, rannicchiata allo stesso modo, c'era la ragazza.

Quello che era sembrato solo un sogno confuso stava assumendo i taglienti contorni della realtà.

Si alzò, cercando di rimettersi a posto l'abito sgualcito e si sciacquò la faccia con l'acqua del catino.

«Siti m'parrino voiautri?»

La voce flebile della giovane era risuonata nella stanza come un sibilo, quasi un lamento.

Bernardo si asciugò il viso e sentì la barba incolta che contaminava i contorni del suo pizzetto ben curato.

«Sì», rispose evitando di incrociare il suo sguardo.

«E picchi v'arridduciti accussì?»

Bernardo si bloccò. La domanda, scappata d'improvviso dalla bocca della donna, non suonava di condanna ma quasi di compassione.

C'era una condivisione di fondo sofferta e dolorosa, qualcosa che, dentro quella cella scarna, univa due anime perdute.

«Magari per la stessa ragione per cui voi vi ritrovate lacera in quell'angolo...» sospirò Bernardo non trovando nulla di più intelligente da dire.

«Di mia s'approfittò l'argentiere Carfì. Io fazzu a criata a so mugghieri e iddu....»

Bernardo, che fino ad allora aveva tenuto lo sguardo basso, per vergogna o forse per rispetto, lo alzò piano incrociando gli occhi di lei, che invece, senza pudore, senza dolore, gridavano la sua storia.

Erano occhi verdi, bellissimi, grandi. Occhi infiniti tanto erano profondi, senza contorno tanto erano immensi.

Poi lo sguardo di Bernardo si fermò sulle labbra maltrattate. Il labbro superiore era gonfio mentre quello inferiore lasciava immaginare la bellezza sensuale di una bocca carnosa.

Lei riprese a parlare e Bernardo non si scostò dal battere della lingua sui denti, come se quello spettacolo fosse il più ardito che avesse mai veduto.

«Ma quannu quel porco pigghiò la spranga di ferro io mi ni scappai per lo scanto e vinni ca...»

Bernardo, che aveva sentito avvampare il suo corpo di rabbia e di desiderio, fece d'istinto un passo indietro; non per il peccato che avrebbe potuto rappresentare ma per il rispetto dovuto a una donna abusata.

«Sapete dove andare? Avete una famiglia?»

La ragazza si strinse alle ginocchia e vi posò la fronte.

«Nun ci puozzu tornare a me casa disonorata come sono...»

«Posso accompagnarvi dalle madri benedettine o nel convento delle carmelitane.»

«Maisia Signore...» disse la ragazza facendosi il segno della croce. «In convento non ci vado manco se Voscenza mi ci porta pe capiddi.»

«Non lo farei mai», sospirò lui alzando le mani mentre lei, imbarazzata, abbassava lo sguardo.

«Come vi chiamate?» domandò Bernardo intuendo di aver sciolto la tensione iniziale.

«Tresina.»

«Molto bene Tresina; nella mia canonica manca una perpetua. Sono rientrato a Ibla dopo molto tempo e mi è stata affidata la chiesa dell'Itria.»

«U sacciu unnè», dichiarò lei soddisfatta.

«Potete lavorare per me, da oggi stesso.»

La ragazza si illuminò sgranando gli occhi colmi di gratitudine ma quel moto d'entusiasmo non durò che pochi istanti. Gli occhi si abbassarono e la luce che irradiava si incupì.

«Nun puozzu veniri… sono disonorata, Oscenza. Nella casa del Signore nun ci puozzu trasiri.»

«Non fatevi condizionare da quello che hanno messo in bocca e nei pensieri a Nostro Signore. Lui salvò l'adultera dalla lapidazione.»

«Che cosa fece Nostro Signore? E Voscenza, cu tutto rispetto, queste cose come le sa? Chi ve le disse u Signuruzzo in persona?»

Bernardo sorrise. L'ignoranza, quand'era innocente e quasi infantile lo inteneriva.

«Queste cose le so dalle Sacre scritture, e sapete cosa sono?» domandò lui cercando di spiegarsi, senza essere pedante.

Lei annuì, forse per vergogna.

«Nelle Sacre scritture si racconta di una donna, che aveva tradito il marito…»

«Matruzza bedda, una buttana?» esclamò.

Bernardo provò a tenere tra i denti una risata e continuò.

«Questa donna, appunto, secondo la legge avrebbe dovuto essere uccisa a colpi di pietra.»

Tresina si portò la mano davanti alla bocca e tenne i suoi occhi dentro quelli di Bernardo.

«Ma Gesù, quando gli chiesero cosa bisognava fare secondo lui, rispose: "Chi è senza peccato scagli la prima pietra" e quelli che volevano ucciderla, non potendo fingere di non avere mai peccato, se ne andarono.»

La mano di Tresina scivolò via dalla bocca e gli occhi che erano rimasti appesi al filo di quel racconto si riempirono di un luccichio di comprensione, ai limiti della commozione.

Si alzò incerta, si sistemò la gonna sgualcita e con lo scialle si coprì la camicia strappata.

«Oscenza...»

«Tresina, per favore», la bloccò lui, «chiamatemi padre Bernardo.»

«Perdonassi padre Bernardo. Vi puozzu fare una domanda?»

Bernardo acconsentì incrociando le braccia.

«A me quel cosa fituso dell'argentiere mi disonorò ma a voiautri, cu vi fici m'briacari?»

Bernardo scoppiò in una fragorosa risata. L'intraprendenza di quella donna lo faceva sentire libero; libero e inspiegabilmente felice.

«Amuninni Tresina, che la canonica sembra una stalla.»

E mentre Bernardo si rivedeva lasciare spalla a spalla con Tresina il convento dei cappuccini, lei si svegliò.

«Che fai? Mi stai talianno nel sonno...?» sussurrò con la voce impastata.

«Mi piace, è una bella immagine ma tu dormi ancora un po'…»

Le baciò la fronte e lei, prendendogli la mano, richiuse gli occhi.

Capitolo 5

Chiesa dell'Itria, 15 dicembre 1692

La piccola chiesa dedicata alla Madonna dell'Itria stava adagiata sulle scale come una dama stanca. I timidi battenti si erano spalancati al giorno mentre l'aurora fresca e umida si intrufolava tra le panche. La luce, poi, lasciava presagire, nei suoi violenti sprazzi di rosa, una serena mattina di sole.

Padre Costante, per evitare una soffocante nausea al parroco, aveva aperto le finestre nella speranza che l'odore stantio di incenso sfumasse e nel frattempo sistemava i calici e l'ostensorio.

Gasparino, invece, arrivato come sempre puntuale e pimpante, saltellava di fronte al grande armadio della sacrestia sperando, giorno dopo giorno, di essere cresciuto abbastanza per prendersi la tunichetta da solo.

«Ne devi mangiare ancora di pane...» tuonò Bernardo cogliendolo di spalle e, presa la veste, gliela infilò dalla testa.

«Baciamo le mani, reverendo», rispose il bambino mostrando i due incisivi storti e bianchi.

«Fa ancora caldo», continuò Bernardo rivolgendosi a

padre Costante, «come se l'estate, a dicembre, volesse ancora perdurare.»

Quello, laconico, alzò le spalle e annuì.

«In convento che si dice?» riprese Bernardo cercando di spronare il taciturno amico.

«Tutto bene; ha avuto una brutta febbre fra Giacinto che poi l'ha contagiata a fra Rolando. Per il resto stanno tutti in salute, grazie a Dio.»

«Già...» sospirò Bernardo pensieroso e avvicinandosi al frate cappuccino sussurrò: «L'avete trovata?»

Padre Costante fece una smorfia contrita e scosse la testa.

«È una città d'inferno!» tuonò Bernardo battendo un pugno sul tavolo. «La faccio partorire io? O voi? Oppure lo chiediamo a Gasparino?»

Il bambino, sentendosi chiamato in causa, si avvicinò ma il frate lo allontanò con un gesto della mano.

«Vedete padre, la situazione è complicata assai... io e frate Adelmo abbiamo chiesto in giro, con circospezione si intende, ma tutte le volte quando arriviamo al nome della partoriente le mammane si fanno il segno della croce e fuggono via.»

«Ignoranti!» fece lui disgustato. «Una povera donna, proprio come loro, deve affrontare le fatiche del parto, che Dio Padre ha destinato al genere femminile, e nessuna, dico nessuna, vuole offrirle soccorso. Però vengono qui, si battono il petto dinanzi all'Altissimo, si confessano...»

«In verità, sono mesi che nessuno si confessa», sottolineò padre Costante ma Bernardo lo bloccò subito.

«Non si confessano con me, perché sono un peccatore e a me, se proprio volete saperlo, fanno una cortesia. Ma con gli altri si confessano eccome, lascivi e viscidi ipocriti, sempre pronti a criticare e mai ad aiutare.»

Restarono qualche istante in silenzio; Bernardo col pugno ancora chiuso sul tavolo e padre Costante al suo fianco.

«Voi invece volete confessarvi?» chiese quest'ultimo, timidamente.

«E per dirvi cosa? Che sono un peccatore? Per chiedere perdono di un peccato che amo?»

Padre Costante chinò la testa. Conosceva così bene quell'uomo da leggere, nelle sue parole e nei suoi gesti, tutta l'angoscia e un profondo dolore.

Gli osservò le mani e le vide tremare, di rabbia forse, di amarezza di certo.

«Siete preoccupato?»

Bernardo trasse un grosso respiro; dietro l'algida e a tratti cinica apparenza che nel tempo si era costruito intorno, nascondeva una battaglia per la sua stessa vita. Sapeva quello che rischiavano, lui e Tresina: timore e un eterno senso di colpa lo schiacciavano, ma un desiderio antico e ineludibile di libertà lo aveva condotto fino a lì.

«Sì», disse dolente, come se quella affermazione gli fosse costata una fatica sovraumana. «Lei sta pagando, e pagherà, una colpa mia; solo mia! Anche la creatura che nascerà sarà vittima delle mie colpe.» Poi, stanco, si sedette e continuò: «E se dovessero togliermi la messa? O magari portarmi a Catania o a Palermo, cosa ne sarebbe di Tresina? Sarebbe cacciata da qui e certo le impedirebbero di seguirmi. Apostrofata come meretrice, eretica, strega... o peggio, imprigionata!»

«Vi preoccupano le parole di vostra madre?» chiese padre Costante incrociando le mani sulla pancia prominente.

«Anche...» sospirò lui. «Amico mio, il demonio non alberga certo nel corpo gravido di una giovane donna; lo fa, invece, nella mostruosità del risentimento, nell'ossessione del peccato che diventa peccato stesso. Vive, per l'appunto, nell'incapacità di gioire, nella crudeltà, nella calunnia e nella mostruosità sinistra dell'invidia. Mia madre insieme a padre Fernando potrebbe fare qualsiasi cosa.»

Afferrò la mano del frate e la strinse forte, così forte da fargli male.

«Giuratemi sul nome di quel Dio al quale vi siete consacrato, che proteggerete Tresina qualora non possa farlo io; proteggerete lei e il bambino che porta in grembo.»

Padre Costante appoggiò la mano libera sulla spalla di Bernardo e annuì: «Ve lo giuro».

Restarono così, aggrappati l'uno all'altro fin quando lo scampanellio di Gasparino non li riportò ai loro rispettivi doveri.

Bernardo si vestì in fretta mentre quell'unico amico sul quale poteva contare, con il rispetto del silenzio, gli teneva compagnia.

La liturgia iniziò e finì come un rito ripetuto nel tempo. Bernardo recitò le formule senza entusiasmo, come le preghiere che da bambino era costretto a ripetere all'alba, mentre padre Fernando lo strappava al sonno e lo torturava con l'acqua gelata.

Andò spedito come un carretto in discesa, mentre altri pensieri, confusi e disancorati tra loro, si sovrapponevano stordendolo.

E mentre sull'altare celebrava il mistero divino, nel suo cuore e nella sua mente, si accendeva, nitida e soave, l'immagine di lei. Il sorriso della donna, addolcito dalle tenere rotondità, splendeva ai suoi occhi come una bellissima condanna. La forma sinuosa di quel ventre morbido era diventata per lui una martellante fissazione; si sorprendeva incantato a fissarla e poi custodiva quella vista accarezzandola nei momenti di solitudine.

Anche quella mattina, genuflesso, spalle ai pochissimi fedeli, Bernardo viaggiò con la mente e le litanie in latino scivolarono via, senza controllo, come cavalli liberi in una vasta pianura.

Padre Costante incrociò lo sguardo dubbioso di Gasparino e gli fece segno di sfiorare il padre parroco, come se fosse necessario destarlo da una malìa.

Il bambino dapprima si rifiutò alzando deciso il mento all'insù, poi, a malincuore, fece vibrare il turibolo e l'odore di incenso risalì le narici di Bernardo riportandolo alla realtà.

Spalancò gli occhi severi, portandoli da Gasparino a padre Costante, poi si congedò da Dio e da tutti con una laconica e indispettita benedizione.

Risalendo le scale malconce della canonica, un dolcissimo profumo di latte e miele gli invase i sensi, amplificando la gioia di rivedere Tresina con l'aspettativa di mangiarle accanto. Accelerò i passi delle sue gambe ancora giovani e spalancò la porta d'ingresso.

Lei era avvolta, candida, nella sua camicia da notte. I piedi, scalzi, si muovevano svelti su un pavimento troppo freddo e il seno, turgido e maestoso, seguiva la stessa danza delle sue gambe.

Bernardo la osservò e in quel candore, ingenuo e disarmante, gli parve di scorgere una bellezza quasi mistica.

«Cosi presto facisti? Missa cantata e prierrica...» disse lei scoppiando in una fragorosa risata.

«Ti raffreddi così», la ammonì lui.

«Iu sentu n'cauru...» e mentre lo diceva i lunghi capelli le si sciolsero ricadendo sulle spalle e sui seni.

Bernardo le si avvicinò lentamente e lei, che rideva, divenne seria.

«Sei felice con me Tresina?» le chiese cingendole i fianchi e avvicinandola a sé al punto da sentire il ventre premere contro il suo.

E prima che lei potesse rispondere la incalzò: «Ti manca qualcosa? Ti faccio soffrire?»

Lei, che conosceva l'animo inquieto dell'uomo che amava, gli accarezzò le guance scarne e gli baciò gli occhi umidi.

Si baciarono, perdonandosi a vicenda, e amandosi davvero poi Bernardo la trascinò sul letto e lei, complice, glielo chiese; glielo chiedeva sempre: «Si sicuro ca nun è peccato, Bernardo?».

E stavolta, a ridere, felice, fu lui.

Capitolo 6

Chiesa dell'Itria, 17 dicembre 1692

Sulla terza panca di legno, nell'angolo estremo verso la navata laterale, soleva sedersi Bernardo nelle ore del pomeriggio, quando la chiesa era completamente vuota.

Padre Costante, durante il pranzo faceva ritorno in convento mentre Gasparino scorrazzava, col suo tozzo di pane e cacio, rincorrendo lucertole e calciando pietre.

Erano momenti di una serenità lacerante che si univa, dolorosa, a una malinconia lontana. Il padre parroco, finito il pranzo frugale con Tresina, riscendeva in chiesa e lì, nel muto silenzio, si abbandonava a ricordi, pensieri, emozioni e nostalgie.

Restava così, quieto, con gli occhi al crocifisso del quale, però, osservava solo i piedi senza osare mai incrociarne lo sguardo.

Bernardo era snello e la tonaca, che portava da sempre con impacciato imbarazzo, fluttuava intorno al fisico slanciato celando una vigorosa perfezione.

Aveva deciso, negli ultimi anni, di non tagliarsi i capelli e lo aveva fatto per la sola ragione di provocare quello strisciante chiacchericcio che si ingigantiva alle sue spalle.

Li legava, tuttavia, dietro la nuca con un frivolo, a tratti femmineo, nastro di velluto nero. I suoi occhi, piccoli e pungenti, erano d'un nero accecante e rilucente e le sue labbra, carnose e grandi, erano state con cura nascoste sotto una fitta e curatissima barba. Anche il sorriso, nei suoi compaesani tanto spesso violato da denti malsani e storti, in lui si apriva integro e bianchissimo.

Era bello Bernardo, d'una bellezza provocante e palese della quale non soltanto non poteva fare mistero ma che sfoggiava, com'era nel suo carattere, camminando audace tra le stradine della città.

Eppure proprio quella nativa bellezza lo riconduceva, come una maledizione, alle sue origini e per questo Bernardo in parte odiava i suoi lineamenti regolari e netti, il nero intenso dei suoi occhi: quando si soffermava davanti allo specchio, con ripugna e amarezza, non poteva far altro che riconoscere il volto di sua madre.

Fu forse questa una delle ragioni che lo avevano portato a sorridere sempre, affinché i tratti così simili a quelli materni potessero differenziarsi, trasfigurati da una curva felice.

Non v'è da sorprendersi, dunque, se il giovane rampollo di una delle famiglie più titolate di Ibla – sebbene soggetto fin da bambino a una sorta di claustrale isolamento – conobbe molto presto i piaceri della carne. A questi, più che ad altro, era stato strappato dall'imposizione del sacerdozio, con violenza inaudita e con asprissima condanna.

Per vendetta aveva scelto la missione.

Costretto, con le spalle al muro, a indossare l'abito senza

vocazione, decise di fuggire in Oriente nella speranza di trovare Dio, là dove Dio sembrava più lontano.

Furono, quelli, anni di rabbia covata e aperto risentimento verso un'esistenza sprecata e sofferta: si sentiva tradito dal mondo, dagli affetti che tali non si erano rivelati e dalla vita. Quella vita che pure Bernardo si sentiva scorrere nelle vene e sotto il tumulto del respiro, in tutta la sua prodigiosa bellezza. A dispetto di tutto, la vita lo cresceva e gli dava forma.

In quei lunghi mesi, confusi e disordinati, fatti di miseria e di tramonti, Bernardo conobbe per la prima, forse per l'unica volta, l'amicizia.

Padre Costante, al secolo Saverio, era stato inviato dall'ordine dei Cappuccini in Oriente, in una missione poco distante dall'accampamento dalla sede degli Agostiniani ai quali s'era unito Bernardo.

Scapestrato questo, integerrimo quello, avevano fatto delle loro diversità una sola forza. Quando il bruciore della solitudine attanagliava uno, l'amico diventava casa e quando il dubbio, perenne, martellante, affannava Bernardo, Saverio prendeva a leggergli le Sacre scritture e asciugava nell'allegria francescana le lacrime dell'amico.

Bernardo si voltò di scatto, gli pareva di avere distintamente udito dei passi. «Chi è? C'è qualcuno?»

Rimase in attesa di una risposta che non venne. Forse un fruscio nell'assordante silenzio aveva giocato uno scherzo alla sua immaginazione.

Scivolò di nuovo nei suoi pensieri e nella solita posizione; ritornò a fissare i piedi inchiodati del Cristo e risalì le gambe magre fino alle ginocchia fermandosi lì, dove un drappo bianco celava i fianchi del figlio di Dio.

Rimase a osservare la luce che filtrava dalla vetrata sopra il Cristo, illuminando in un cono di pulviscolo colorato la navata centrale e risvegliando altri ricordi.

Un anno esatto prima, era il 17 dicembre del 1691, Tresina era intenta a lucidare i candelabri d'argento che svettavano sull'ambone.

Bernardo l'aveva presa come perpetua ormai da sei mesi e, contrariamente a quanto le lingue biforcute avevano predetto, tra il parroco e la giovane non era accaduto nulla.

Non che Bernardo, sotto le vesti lacere di Tresina, non avesse scorto le sue avvenenti curve – e di certo non l'avevano lasciato indifferente. Nella sua dissennata spregiudicatezza, il padre parroco era sì votato a un rispetto quasi sacrale per il corpo femminile – che riteneva la più grande espressione creatrice di Dio – ma in quanto sperava, credeva e sapeva che fondendo il proprio corpo con quello di una donna si sarebbe avvicinato a lui. Pertanto aveva deciso di avere rispetto per quel corpo ch'era stato brutalmente violato e per quella donna a cui il lavoro e la fatica avevano solo portato rogne.

«Felice come a voiautri haiu visto sulu n'monicu di san Francesco.»

Tresina aveva alzato gli occhi e lo aveva sorpreso a fissarla, con un sorriso sulla bocca.

«E avete ragione», aveva risposto lui alzandosi in piedi, «sono i francescani i più felici di tutti; seguono la regola.»

«Iu regole nun haiu ma sugnu felice u stissu…»

E così era; Bernardo aveva visto lacrime, dolore ma anche una orgogliosa dignità quella notte al convento. Nei mesi a seguire, la bella perpetua aveva preso a ridere e a cantare. Canticchiava qualsiasi cosa, anche un *Te deum*, ma rendendolo una canzonetta da osteria, non per mancanza di rispetto, s'intenda, bensì per un istinto a rendersi più leggera la vita.

E sembrava infaticabile. Aveva rivoltato la polverosa chiesa da cima a fondo e resa brillante la canonica, trasformandola da stamberga a piccola e accogliente dimora. L'odore di bucato asciugato al sole e di pane appena sfornato aveva sostituito quello stantio di incenso.

«Quantu vulissi sapiri cu era la perpetua prima di mia...»

Lo ripeteva sempre, tutte le volte che si trovava fra le mani qualcosa che grazie al suo impegno tornava a brillare.

E Bernardo l'ammoniva bonariamente.

«Non deve interessarvi Tresina...»

Lei lo guardava con una smorfia indagatrice e poi alzava le spalle.

S'erano fiutati subito, come due cani da caccia, e si erano fidati l'uno dell'altra.

Nella loro manifesta diversità, Tresina e Bernardo, sembravano identici. Entrambi vivevano una vita che non avrebbero voluto e insieme cercavano, nell'allegria, un modo per dimenticarla.

«Viniti ca, patri Bernardo, tiniti stu cannilieri.»

Lui si avvicinò all'ambone e resse il pesantissimo candelabro con le due mani.

«Tiniti forti, m'arraccumannu...» disse lei con un piglio autoritario.

«Sì, sì, non vi preoccupate; mi date da mangiare così tante uova che potrei reggere persino il crocifisso.»

Lei lo guardò, storcendo con intenzione le labbra, mentre lui, senza scomporsi, teneva il pesante argento.

Solo che, in quei minuti, per la prima volta, i due si trovarono vicini come mai lo erano stati.

La fronte imperlata di sudore di Tresina luccicava più dei candelabri già ripuliti e dalla folta chioma rossastra l'odore di lisciva si espandeva invadendo le sensibili narici di Bernardo.

Le mani poi, che mai s'erano sfiorate, per la prima volta si toccarono producendo, in entrambi, una vibrante scossa.

Bernardo si sentì correre lungo la schiena un desiderio diverso da quel piacere che conosceva e dominava bene. Per la prima volta sentì di voler baciare più ancora di possedere. E questa emozione nuova, tenera e violenta, lo impaurì.

Cedette la presa e il candeliere ricadde sull'ambone segnando il piano di legno.

«Padre Bernardo, ma chi faciti?»

Tresina guardò il legno ammaccato e si premurò di controllare l'argento.

«Pi fortuna u cannilieri n'si fici nenti.»

E mentre chinava la testa a controllare gli eventuali danni, sentì la mano calda di Bernardo sfiorarle il collo. Si drizzò di colpo e sgranò gli occhi. Ma quello sguardo sorpreso non era spaurito; gli occhi verdi brillavano e le labbra, come a seguire l'istinto, si erano schiuse.

Furono istanti, sconclusionati ed eterni, poi Bernardo si accostò a quella bocca e prima che le sue labbra potessero posarsi su quelle della perpetua, lei scappò.

«Tresina perdonatemi», le gridò Bernardo correndole dietro. «Non volevo, Dio mi è testimone, non so cosa mi abbia preso.»

Lei si era intrufolata dentro la canonica e lui appresso aveva provato a raggiungerla. Salite le scale, Bernardo s'era trovato nel piccolo disimpegno, parlando a tre porte chiuse.

«Vi chiedo perdono, vi do la mia parola di uomo e di padre parroco ...»

Ma prima che potesse giurare ciò che forse non avrebbe potuto mantenere, Tresina si palesò alle sue spalle. Bernardo si voltò.

Restarono in silenzio, poi si avvicinarono, piano.

«Sutta o crucifisso no! È peccato; peccato mortale», sussurrò lei prima di abbandonarsi tra le sue braccia.

Capitolo 7

18 dicembre 1692

Da quando le voci sulla gravidanza di Tresina avevano preso a rincorrersi destando stupore ma soprattutto indignazione, le rare anime che ancora gravitavano intorno alla chiesa dell'Itria, si erano ridotte, preferendo i più cercare la casa del Padre ben lontano dalla dimora di un pubblico peccatore.

I pochi che erano rimasti lo facevano per ragioni varie, ma di certo più nobili rispetto a quelle che avevano respinto i primi.

Per taluni la chiesa dell'Itria, al sommo delle scale tortuose, era l'unico spazio conosciuto per presentarsi a Dio. Dove altro avrebbe potuto trovarli, Nostro Signore, dopo tanti anni? Per altri, la condotta di padre Bernardo era del tutto irrilevante rispetto al loro bisogno di frequentare una chiesa.

Facevano idealmente parte del primo gruppo due anziane signore, del secondo un vecchio ciumararo – che aveva deciso, sul finire degli anni, di abbandonare la sua casetta sul fiume per trasferirsi in una stanza umida addossata al muro basso della chiesa – e una prostituta, redenta quando il tramonto della vita, ormai adagiato in rughe sul viso, non lasciava alternative.

A Cirino u ciumararu dei peccati del nobile sacerdote non interessava nulla e infatti, quando andava a sentire messa, non mancava mai di portare in dono due limoni del suo piccolo alberello a Bernardo. Alla vecchia prostituta, invece, le colpe del padre parroco interessavano eccome perché ci vedeva una giustificazione per il proprio licenzioso passato. Anche la donna, laconicamente detta «Mecia», ogni giorno omaggiava con due uova Bernardo, consegnandogliele di persona prima che il sacerdote risalisse in canonica.

«Uno pi voiautri, e uno pi cu vuliti vui», diceva serafica, riferendosi, senza nominarla, a Tresina.

Le due anziane signore, invece, abitando sospese, come in nidi di rondine, a pochi metri dalla chiesa, avevano deciso di ignorare voci e pettegolezzi per non doversi spingere oltre il quartiere degli Archi e dover raggiungere un'altra chiesa. Sarina e Girolama erano due zitelle a cui la vita aveva negato molte gioie; se negli anni della giovinezza non erano state belle, negli anni della consapevolezza erano diventate cattive per poi, con cristiana rassegnazione, rabbonirsi e trasformarsi in due vecchiette miti e comprensive. Se le scandalizzava la condotta del padre parroco, ancora di più le avviliva l'idea di scendere e salire tante scale; vinceva in loro l'affezione, forse un po' infantile a quella piccola chiesa, da sempre frequentata e dentro la quale avevano conservato i pochissimi momenti di felicità vissuti.

Quattro, dunque, erano rimasti i fedeli abituali nella solitudine della parrocchia, violata, di tanto in tanto, da lacchè della baronessa madre o dai servi inviati da padre Fernando, che come sparvieri sorvolavano intorno all'Itria per controllare le malefatte di Bernardo.

In questo clima lassista e forse accondiscendente, la confessione era diventata un sacramento accessorio; né Bernardo la pretendeva, né i quattro la richiedevano. A ognuno, in un atteggiamento a tratti riformista, spettava la gestione e la penitenza per i propri peccati.

Padre Costante, che per amicizia subiva una condotta non condivisa, era quello che più si preoccupava di mantenere integra l'immagine di Bernardo; era stato proprio lui, infatti, quando il ventre di Tresina lievitò non più mascherato da larghi vestiti, a invitare l'amico alla prudenza.

«Io credo», gli disse timidamente un giorno il cappuccino, «che sia chiaro agli occhi di tutti che la vostra perpetua aspetta un figlio e che deve essere vostro. Dovete essere riservati, se non per l'abito che portate, almeno per la sicurezza di Tresina e per la sua creatura.»

«E cosa dovrei fare?» domandò Bernardo, sentendosi per la prima volta con le spalle al muro.

«Evitare che esca dalla canonica. Proteggerla dagli sguardi indagatori, dalle volgarità degli uomini di strada, dalla curiosità, dai pettegolezzi e...»

«E?» lo pungolò Bernardo.

«E da vostra madre», sospirò padre Costante chinando il capo.

Bernardo si sedette esausto; da giorni sentiva un insostenibile peso, come se di colpo le responsabilità che fino ad allora aveva voluto ignorare, si fossero rese visibili in tutta la loro gravosità.

Accettò, senza condizioni, l'aiuto di quell'unico amico e costrinse, suo malgrado, Tresina, a una blanda reclusione.

Finita la messa vespertina Bernardo si diresse in sacrestia, si spogliò rimanendo vestito del solo talare, fece la solita carezza grossolana ai capelli pulciosi di Gasparino e ringraziò padre Costante del prezioso aiuto, poi uscì.

Tagliò la piazza degli Archi con il piglio dell'insubordinazione e ricambiò qualche svogliato saluto con la stessa mal grazia con la quale gli era stato rivolto.

Il serpeggiante brusio che diventava quasi una cantilena non lo turbava salvo udire il nome di Tresina o un riferimento alla giovane donna. In quel caso fermava il suo andare deciso e trasformando il sorriso in rabbia, si voltava di scatto, costringendo i capannelli di curiosi pettegoli a sciogliersi. Da quando, poggiando la mano sul ventre teso, aveva sentito vivere un'altra vita, era stato colto da una strana frenesia. Da un lato avrebbe voluto dare un volto, un nome a quella creatura: sognava un maschio, per legittimarlo a vivere la vita che avrebbe voluto per sé, ma desiderava ardentemente una bambina, per lasciare su questo mondo traccia dell'ardita bellezza che vedeva in Tresina. Dall'altro temeva, fino al dolore delle lacrime, di non riuscire a vivere a pieno il miracolo di una nascita e di non essere degno di godere di tanta felicità, di non poter proteggere la sua famiglia.

E mentre il nero della notte avvolgeva Ibla come un drappo di morte, Bernardo accelerò il passo, fino a correre, perché questa volta era lui che sentiva, lacerante, il bisogno di confessarsi.

Arrivò, trafelato, dinanzi al piccolo portone e bussò come arso da una sete violenta.

«Cu è duocu?» domandò una voce rauca accompagnata da un tonfo di passi.

«Padre Bernardo, aprite!»

Il rumore di chiavistelli riempì il silenzio e dopo pochi istanti comparve un vecchio emaciato, stretto in abiti lisi e sgualciti.

«Padre, ma che fate qui? Perché entrate dal giardino?»

«Devo vedere Eligio ma...»

«Ma nun ha sapiri a signura barunissa.»

Bernardo annuì mettendo in mostra la mandibola tesa.

«Na stu momento u stanu curcannu», disse il vecchio preoccupato, ma Bernardo gli poggiò entrambe le mani sulle spalle curve e lo fissò: «È importante, aiutatemi».

«Trasiti», sospirò quello, «iu mi fazzu nu giro di controllo. Nun vi muviti ri ca!»

Bernardo entrò nel modesto basso che negli anni era diventata la casa di mastro Cono e attese.

Ogni cosa, illuminata dalla fioca luce di una candela, dentro quella rattoppata casetta gli sembrò infanzia, struggimento e lampo di felicità.

Si ricordò di quelle ore di libertà, tra uno studio e una preghiera, nelle quali scendeva correndo in giardino e si intrufolava tra le cose di mastro Cono, il giardiniere tuttofare, che, come un pilastro della casa, resisteva al tempo e all'indifferenza.

Fu dentro quelle mura che Bernardo aveva assaggiato il suo primo bicchiere di vino e sempre lì, mentre mastro Cono potava i grandi alberi, aveva baciato Giustina, la fantesca appena arrivata a Palazzo L'Arestia Corbara e scacciata subito dopo essere stata sorpresa tra le braccia di un ancora acerbo Bernardo.

E proprio lì si era nascosto quella volta che il cilicio di padre Fernando, usato a mo' di frusta in presenza di donna Ninfa, aveva scavato più del solito segnandogli il fianco destro di rosso.

Mastro Cono lo aveva ripulito con del vino vecchio e gli aveva asciugato le lacrime con le mani sporche, le uniche che avessero mai sfiorato il suo viso per carezzare.

Camminò tra le cose sfiorandole e si ricordò di ogni oggetto, di ogni arnese e di quell'odore di legna e gelsomino, vino e terra bagnata. Poi si sedette sullo sgabello traballante e tracannò dalla bottiglia.

«Padre Bernardo, nisciti fora.»

Bernardo si asciugò la bocca con la manica del talare e seguì la voce.

«Di qua, sutta u lignu santu...»

Il padre parroco conosceva talmente bene quel giardino che avrebbe potuto camminare spedito al buio pesto, senza l'ausilio della luna.

«Vostro fratello è già a letto; ci dissi a Michelino di farvi passare e di stari mutu cumu n'pisci.»

«Chi è questo Michelino, lo conosco?» domandò Bernardo.

«Oscenza no, è un picciutieddu ca la notti ci fa compagnia, soprattutto quannu ci pigghinu quei duluri di morti, mischino u barunieddu.»

Rimasero in silenzio entrambi pensando alla straziante e inspiegabile sofferenza che stordiva Eligio, poi mastro Cono disse: «Accianati di ca; a barunissa e u pazzu do parinnu si stanu riciennu u rusariu…»

Bernardo sorrise all'idea che padre Fernando fosse riconosciuto come un pazzo e ringraziò mastro Cono per avergli, ancora una volta, aperto una porta.

Odiava ritornare in quella casa; l'ultima volta si era consumata una lite violenta, con tanto di intimidazioni ed esorcismi. Eppure c'era ancora un motivo che lo spingeva a varcare quella soglia infausta ed era Eligio.

Il loro legame, fin da quando la memoria gli concedeva di ricordare, era intenso e protettivo.

Se Bernardo proteggeva, come meglio poteva, il fratello dal dolore fisico e dall'impossibilità di muovere le gambe, Eligio lo proteggeva da se stesso, dalla sua istintiva e naturale propensione a cacciarsi nei guai e farlo con grande piacere.

Bernardo salì le scale sollevando l'abito per non inciampare e, in fondo al corridoio, intravide un ragazzo ansioso, che controllava guardingo a destra e sinistra.

«Michelino?» domandò sottovoce Bernardo e quello annuì facendogli segno di seguirlo.

Bernardo accettò di venire scortato, sebbene conoscesse quei percorsi e passaggi che, tanti anni prima, erano stati la sua unica via di fuga da un luogo ostile e tetro.

Quando infine giunsero alla camera di Eligio, il padre parroco fu perentorio.

«Tu resta qui. Se qualcuno dovesse avvicinarsi tossisci e poi entra.»

Michelino abbassò più volte la testa e restò impalato, come una vedetta sulla torre.

Quando Bernardo aprì la porta, non era ancora suonata l'ora di compieta ma la stanza era già avvolta nel buio della notte.

La voce di Eligio, sofferente ma vigorosa, risuonò come un sibilo.

«Michelino sei tu?»

Il fratello gli si avvicinò e senza dire una parola gli strinse la mano tra le sue.

«Bernardo», sospirò lieto Eligio, «finalmente sei arrivato, fratello mio.»

Capitolo 8

Palazzo L'Arestia Corbara, 18 dicembre 1692

«Non ti vedo da mesi, Bernardo.»

Eligio si era sistemato meglio facendo leva sulle sole braccia.

«Mettiti vicino alla finestra, in modo che ti possa vedere; a volte mi sembra di aver dimenticato il tuo volto di oggi, ricordo solo quello di quand'eri bambino, con i capelli riccioluti e la cicatrice sotto il mento. Ce l'hai ancora?»

«Cosa? La cicatrice?»

Eligio annuì mentre Bernardo si sistemava accanto alla finestra, mostrandosi al fratello nel poco chiarore che filtrava dall'esterno.

«Sta qui, sotto la barba. Il tempo non può cancellarla e nemmeno la nostra memoria.»

Eligio sorrise.

«Pensavo saresti morto, quella volta: perdevi tanto di quel sangue che ho temuto di non poterti abbracciare mai più.»

Bernardo portò la mano al mento e provò un brivido, il dolore lontano si faceva presente e vivo.

«Cadere su un rastrello cercando di prenderti una melagrana è stata una lampante dimostrazione di amore fraterno, non trovi?»

«Già», sospirò Eligio pensieroso poi disse: «Perché non vieni mai a trovarmi? Sai bene che la mia vita quotidiana è insostenibile, chiuso in questa casa, tra preghiere e riti, bloccato dalle mie gambe, da nostra madre e dai doveri del casato».

Bernardo si spostò dalla luce fioca della luna e si avvicinò al letto del fratello e vi si sedette.

«Soltanto entrarci, in questa casa, per me è un dolore intollerabile; ogni stanza, ogni mobile, ogni quadro e tutti i singoli rumori dentro queste mura sono uno strazio. Non è solo memoria, sento tutto di nuovo: i silenzi, le frustate, i digiuni infiniti, e tutte le privazioni… Non riesco a superare il passato. Perdonami…»

«Eppure qualche giorno fa sei stato qui, saresti potuto passare…»

«Sono stato convocato! È stata un'ammonizione continua, fatta di poche blandizie, molte maledizioni e pure qualche minaccia. Nostra madre invocava Dio mentre il nostro precettore scacciava Satana. Sono riuscito ad andarmene a fatica e solo perché l'età e il maledetto incarico di parroco finalmente me lo consentono.»

«Padre Fernando dice che il demonio si è impossessato ancora una volta della tua anima.»

«Immagino che sarai costretto a pregare per me», ironizzò Bernardo.

«In un certo senso sì…» sorrise Eligio.

I due fratelli restarono a guardarsi mentre il plumbeo

silenzio di Palazzo L'Arestia Corbara li avvolgeva come una nebbia fitta.

Eligio tornò a parlare.

«Se oggi sei tornato, dev'essere per qualcosa di sconvolgente. Dimmi allora...»

«Sarò padre... ma non nel senso di padre parroco, che dovrebbe custodire, proteggere i parrocchiani come fossero suoi figli. Intendo dire che tra poco sarò un padre vero, padre di una creatura che viene da me, sangue del mio sangue, carne della mia carne.»

«Chi è la madre?» domandò Eligio senza scomporsi.

«Un'anima pura. Ha sofferto e non ha avuto nulla da questa vita se non l'amore che cerco di darle e il figlio che porta in grembo.»

Bernardo appoggiò la fronte tra le mani e si stropicciò gli occhi.

«Ma io sono un prete e dunque noi siamo dei reietti. La gente distoglie lo sguardo, quasi nessuno varca più nemmeno la soglia della chiesa. Ho dovuto convincerla a non uscire dalla canonica per evitare le cattiverie, anche se il disprezzo potrebbe non essere la cosa più grave. Se la maldicenza arrivasse alle orecchie sbagliate rischieremmo di venire separati, puniti... chi può saperlo? Preoccupazioni di cui evito di parlare per paura di nuocerle.»

«Capisco...» sospirò Eligio da sempre paziente nell'ascoltare le tribolazioni del fratello.

«E la responsabilità di tutto questo è solo mia, colpa mia, lo capisci? Eppure, Eligio, a me sembra, per la prima volta nei miei quarantadue anni, di capire l'essenza di quello che ha detto Nostro Signore. Tutte quelle parole, ascoltate e ripetute a memoria come non avessero senso, adesso mi sono chiare, quasi folgoranti. "Nessuno ha un amore più grande di questo: dare la sua vita per i propri amici." E io la amo così, Eligio, darei la vita per lei, la amo come ci ha comandato Gesù. Sono un peccatore per gli uomini ma non per Dio, non per lui.»

Eligio allungò la mano verso la spalla di Bernardo, ma riuscì solo a sfiorarla così la posò sulla gamba e batté due colpi affettuosi.

«Non ho creduto in Dio quando sono stato costretto al sacerdozio, né ci credevo quando ogni mattina all'alba ero costretto a servire messa e a ripetere estenuanti rosari. Non è la costrizione a generare la fede e nemmeno il timore delle tenebre, di una vita oltre la vita di punizione infinita. Io ho sentito di non essere solo in questo mondo soltanto dopo aver poggiato la mia mano, questa mano, sul ventre di una donna e avere sentito che dentro il suo corpo si cela il miracolo di una vita che si forma. Nella felicità ho trovato la luce, solo nella felicità e mai nella privazione.»

Bernardo si nascose di nuovo il viso fra le mani mentre Eligio, imbarazzato, distolse lo sguardo da quel fratello spudorato, reso improvvisamente debole dall'amore.

«Ma so anche di essere un sacerdote, strumento di Nostro Signore per la sua Chiesa, di aver giurato la mia fede in Lui e di averlo tradito.»

Eligio, che fino a quel momento non aveva proferito parola, limitandosi a piccoli gesti di conforto, disse: «Da quando, fratello mio, ti preoccupi di tradire la Chiesa? Mi sembra quasi di non riconoscerti».

Bernardo si alzò di scatto e si diresse alla finestra, osservando la campagna azzurrata che si stagliava all'orizzonte.

«Riconoscimi pure, caro fratello. Sono sempre io, un inutile peccatore che ama il suo peccato più del suo dovere, più della sua stessa vita. Non ho una crisi mistica, Eligio. Ho soltanto paura per il futuro di questo figlio che metto al mondo e di questa donna che a causa mia è in pericolo e comunque vada sarà sempre considerata una donnaccia, emarginata e sola.»

«E io Bernardo, io cosa posso fare per te?»

Bernardo si avvicinò di nuovo al letto del fratello e si inginocchiò come se dovesse pregare.

«Ho paura, Eligio. Nostra madre ha minacciato di farmela pagare e padre Fernando, ossessionato dal mio peccato, potrebbe usare Tresina per vendicarsi dell'onta che ho portato a questa famiglia.»

«...è il suo nome?»

Bernardo annuì, concedendosi un breve sorriso.

«Ho bisogno di denari», disse d'un fiato tornando serio.

«Ma io non dispongo di nulla», rispose quasi sorpreso il fratello.

«Sei il barone L'Arestia Corbara», lo rimbeccò Bernardo, quasi alzando la voce. «È ora che tu ne prenda atto.»

«Sono inchiodato tra un letto e una sedia, torturato da ciarlatani che promettono miracoli e da finti miracolati che vendono a caro prezzo le loro preghiere di guarigione. Il mio patrimonio è gestito da padre Fernando e tu dovresti saperlo meglio di me.»

«Ribellati, Eligio; non puoi trascorrere la tua vita rinchiuso in un palazzo decadente! Non pensare che per te non ci siano alternative, solo giorni sempre uguali e mai niente di imprevedibile. Vieni con me, ti porterò io, in giro per il mondo, come facevamo da bambini. Sarò le gambe che non hai e potrai iniziare a vivere davvero. Ma aiutami a dare un futuro a mio figlio.»

Eligio si premette le tempie, poi sospirò.

«Ti hanno tolto la rendita?»

«Proprio così», disse Bernardo fissando il vuoto. «Il primo assaggio della loro vendetta.»

«E la Chiesa? Il vescovo? Non sei stato ancora richiamato?»

«Non ancora, ma succederà. Se fino a oggi ho avuto la loro compiacenza è stato per le ingenti somme che nostra madre versava nelle casse delle diocesi. Ma temo che presto mi impediranno di dire messa… allora io non sarò più in grado di proteggere le persone più preziose nella mia vita.»

Eligio non sopportava di vedere la scanzonata felicità di suo fratello divorata dal dolore e dalla preoccupazione. Nei suoi quarantadue anni, gli unici momenti di gioia genuina li doveva a quel ragazzo schietto e divertente, ma tremendamente solo.

«Proverò a parlare con il governatore Castillett. Alla fine di ogni mese viene qui a riscuotere le tasse per il conte da spedire in Spagna. È un uomo illuminato dalla prudenza e dalla carità. Se esiste un modo per aiutarti, sono certo che saprà trovarlo.»

Bernardo distese le labbra in un aperto sorriso e alla

luce della luna i suoi denti bianchi quasi brillarono. Poi si piegò in avanti, baciando la fronte di suo fratello.

«Grazie», sussurrò piano, preparandosi a salutarlo. Un rumore stridulo però sorprese entrambi.

Bernardo balzò in piedi e si nascose subito dietro le lunghe tende del baldacchino, mentre Eligio, inquieto, chiamò Michelino.

Ma prima che il ragazzo rispondesse, un suono identico al primo attirò lo sguardo dei due fratelli verso la finestra.

Bernardo la aprì e si affacciò con circospezione.

Quasi arrampicato su un albero, mastro Cono agitava le braccia cercando di attirare, nel buio della notte, l'attenzione di Bernardo.

«Cosa succede?» domandò questi provando a tenere basso il tono della voce.

«C'è ca fora u cappuccino, padre Costante. Dice che vossignoria s'allestiri picchì successi una cosa grave assai.»

Un presagio funesto attanagliò Bernardo alla gola e per un attimo credette che le gambe, come quelle di Eligio, non reggessero più il peso del suo corpo.

Si staccò a fatica dal davanzale e, lasciando la finestra spalancata, volse lo sguardo a suo fratello.

«Prega per me, Eligio», poi scappò via.

Ridiscese le scale correndo e in pochi istanti si ritrovò in giardino, dove mastro Cono lo attendeva con padre Costante.

«Padre Bernardo», gli sussurrò il cappuccino all'orecchio. «Tresina non è più in casa.»

Capitolo 9

Ibla, 18 dicembre 1692

«Cosa viene a significare che non è più in casa?»

Bernardo aveva preso a camminare a spasso spedito, precipitandosi fuori dal portone del giardino e dimenticando di salutare mastro Cono.

A lunghe falcate attraversò la grande piazza su cui, come uno spettro severo, incombeva maestosa la chiesa di San Giorgio. L'ombra lunga che la cattedrale proiettava sul sagrato la rendeva ancora più imponente di quanto fosse. Bernardo le rivolse uno sguardo fugace e, segnandosi la fronte con una croce, chiese aiuto al santo patrono.

«Alla fine della messa, quando voi vi allontanaste per andare a trovare vostro fratello, io mi portai sotto la finestra della canonica e usai la campanella, come ogni giorno, per fare affacciare Tresina e consegnarle le uova della Mecia.»

Padre Costante arrancava a fatica dietro l'ansiosa corsa di Bernardo. Di tanto in tanto era costretto a interrompere il racconto perché il fiato, vista la mole e l'inattività, non bastava a reggere quel ritmo.

«Dopo un po', non sentendo alcun rumore né scorgendo alcuna luce, chiesi a Gasparino di entrare...»

«Avete fatto bene!» ansimò Bernardo al quale un doloroso groppo alla gola cominciava a togliere il respiro.

«Gasparino è un bambino, padre, e quando mi disse che non c'era nessuno in casa per sincerarmi andai a controllare anch'io.»

«Giusto», confermò Bernardo che controllava a fatica il tremore delle mani. «E cosa avete trovato?» domandò, notando, nella voce di padre Costante, del turbamento.

«Ecco padre...» sospirò il cappuccino. «Sulla pietra pece delle scale si vedevano parecchie impronte, come se fosse salita e ridiscesa della gente.»

Bernardo arrestò la corsa provando una strana vertigine. Sgranò gli occhi verso padre Costante ma non trovò la forza di parlare. Deglutì più volte perché la gola, improvvisamente secca, gli impediva di far vibrare le corde vocali.

Con la manica del talare si asciugò la fronte che aveva preso a grondare un sudore acido e copioso.

«Voi credete...» sussurrò Bernardo senza riuscire a concludere la frase.

E l'altro si limitò a chinare il capo, come se una parola potesse dare più realtà alle loro paure.

«Ho lasciato Gasparino di guardia e sono corso a chiamarvi.»

«Ma quando sarebbero arrivati? Come abbiamo fatto a non accorgercene?» Bernardo aveva ripreso il suo passo concitato e veloce parlando da solo, come fosse diventato pazzo, e alternando imprecazioni a preghiere.

«Qualche giorno fa», gli disse il frate, «u ciumararu mi disse che vide, all'alba, padre Fernando entrare al tribunale dell'Inquisizione.»

Bernardo si fermò e si portò entrambe le mani davanti agli occhi e si premette la fronte così tanto da lasciarsi impressi i segni della rabbia.

«Perché non me lo avete detto?» gridò squarciando il silenzio di una notte caldissima.

«Perché lui stesso non ne era sicuro e non volevo allarmarvi.»

Il giovane sacerdote si slacciò i primi bottoni del talare poi, mentre Ibla sonnecchiava placida, forse complice, cominciò a correre a perdifiato e mentre correva, scavalcando muretti e saltando gradini, gridava: «Maledetti! Che Dio vi spedisca all'Inferno e vi faccia bruciare tra le anime dei dannati. Giuro che se le avete torto un solo capello io vi uccido con queste mani, con le stesse mani che dovrebbero impartire il perdono...»

Quando giunse nella piazza degli Archi, prima di imboccare le scale che lo avrebbero condotto nella sua canonica, si arrestò.

Guardò sulla sinistra dove – traballante, quasi sospeso sul costone della vallata – ciondolava il piccolo e tetro tribunale dell'Inquisizione.

I tre inquisitori Bernardo li conosceva bene, essendo soliti frequentare gli oscuri saloni di Palazzo L'Arestia Corbara; tuttavia, in quegli sguardi irrigiditi dal ruolo, non gli era mai parso di scorgere una reale intransigenza. Erano tre domenicani, più propensi al cibo e al buon vino che alla crudeltà delle torture.

Del resto, l'Inquisizione della piccola Ibla, che faceva capo all'Inquisizione della ben più grande contea di Modica, altro non era che un monito a condurre una vita lontana dal peccato.

Stava lì, infatti, sonnacchiosa e indolente, collezionando nel tempo casi sporadici di bestemmiatori, qualche bigamo, un paio di prostitute tacciate di stregoneria per l'eccessivo avvicendarsi di clienti, e un solo eretico.

Se ne parlava magari – nei racconti angusti dello Steri di Palermo, nelle carceri spagnole e nella severità della lontanissima Roma – ma la sua fama rimaneva inconsistente, come se a decretarne le sorti, nella piccolissima città, fosse stato un padre, pronto a minacciare castighi ma incapace di condannare.

Bernardo andò verso le scale, poi cambiò idea e tornò indietro.

Litigò con i bottoni che non volevano rientrare nelle asole e si diresse verso il tribunale, cercando di tenere a freno l'angoscia.

Il portone, consumato dal tempo e dall'incuria, si ergeva comunque maestoso nella piccola piazza, più di quanto facesse il palazzo stesso che risultava tozzo e banale.

Bernardo afferrò il battente e lo lasciò cadere contro il legno per due volte.

Attese un tempo per lui infinito, lungo abbastanza per sentire tutta la vita vissuta fino a lì che gli si sgomitolava addosso.

Lo riportò al presente la voce impastata di sonno che sortì da una piccola fenditura tra i due battenti.

«Chi siete?»

«Sono Bernardo Maria Alonso L'Arestia Corbara, padre parroco della chiesa dell'Itria e fratello del barone Eligio L'Arestia Corbara.»

Il portone si spalancò e ne venne fuori un ragazzone impettito e sorridente.

«Padre Bernardo, chi ci faciti a st'ura cà?»

«Dunque...» balbettò lui, «io devo parlare con padre Castrenze.»

«Padre Castrenze sta durmiennu, Voscenza.»

«È cosa urgente», sussurrò Bernardo cercando di mantenere fermo lo sguardo.

Il ragazzo fece un passo indietro e si allontanò.

Dopo qualche minuto, sciupato di sonno e tramortito dall'ora, si presentò il domenicano, con gli occhi spiritati e increduli.

«Bernardo!» esclamò preoccupato. «Cosa ci fate qui?»

«La mia perpetua, Tresina, è sparita e ho motivo di credere che...»

Ma prima che potesse finire il suo discorso, padre Castrenze gli fece cenno di entrare e di abbassare la voce.

«Bernardo, calmatevi. Tresina non è qui.»

L'uomo sgranò gli occhi; se per un verso lo terrorizzava l'idea che Tresina potesse subire la pena di una carcerazione o l'angustia di trovarsi in una cella, dall'altro tremava al pensiero di non sapere dove cercarla.

«Padre Fernando e vostra madre temono che il demonio, usando e abitando le sembianze di quella donna, possa avere accesso al vostro spirito.»

«Non…» Bernardo intendeva contraddire quelle parole ma padre Castrenze lo bloccò ancora una volta.

«Insieme a padre Osvaldo e a padre Tindaro, abbiamo dovuto avviare le *informationes*; sono un atto dovuto e voi lo sapete bene. Tuttavia», sospirò il domenicano lasciando trapelare una sorta di complicità, «avremo bisogno di tempo per acquisire testimonianze e questo tempo sarà utile a voi per allontanare il demonio, o al demonio stesso per comprendere la necessità di fuggire dalla casa di Cristo.»

Bernardo gli poggiò una mano sulle spalle ormai curve.

«Siete stato chiaro, padre Castrenze. E misericordioso. Dio vi benedica.» Poi se ne andò di corsa, mentre il padre domenicano, abbassata la maschera della fermezza, lo accompagnava con lo sguardo di chi più che condannare desiderava perdonare.

Svoltato l'angolo, e saliti i primi gradini verso la canonica, un brusio sommesso distolse Bernardo dal tumulto interiore di domande e immagini che affollava la sua mente. Alzando lo sguardo vide padre Costante e Gasparino discutere, animatamente, con il ciumararo, la Mecia e le due zitelle tanto silenziose quanto presenti.

«Ma dov'eravate finito?» domandò il cappuccino andandogli incontro.

«Sono stato da padre Castrenze…» bisbigliò Bernardo all'orecchio dell'amico, «e non è lì…»

«Ma allora…?»

«Padre Fernando deve avere mandato qualcuno a spaventarla dopo aver compreso che il tribunale avrebbe proceduto con molta oculatezza…» Bernardo pronunciò lentamente queste parole, sapendo bene che l'amico avrebbe compreso.

«E dunque credete si sia allontanata da sola?»

«Credo si senta spaventata e colpevole, ma senza fondamento, e abbia paura per la nostra creatura che porta in grembo. Devo andare a cercarla!»

«Padre...» intervenne la Mecia, con la sua spavalda invadenza fatta di grandi slanci, «se vossignoria nun s'affenni, noiautri a vulissimu aiutari.»

E scorrendo, a uno a uno, i volti dei presenti, cui i segni del tempo non avevano risparmiato crudeltà, Bernardo fu capace di vedere, forse per la prima volta, un carico d'umanità sconosciuto.

Si sentì confortato da quei sorrisi accomodanti, pieni di compassione e di preoccupazione e senza aggiungere parole alla commozione si limitò a sospirare «Grazie».

Poi spartì i compiti.

«Gasparino tu andrai nei conventi delle benedettine e delle clarisse.»

«Io andrò nei conventi maschili», disse padre Costante.

«Voi», continuò Bernardo indicando u ciumararo, «la cercherete nei posti più fuori mano, verso il fiume, che conoscete meglio degli altri.»

«E io», disse la Mecia, «posso cercarla ne vanedde ca canusciu buoni...»

Bernardo annuì, senza fare alcun commento.

«E nuautre?» domandarono le due zitelle all'unisono.

«Voi resterete qui», rispose pronto Bernardo. «Non distoglierete lo sguardo dalla porta della canonica e, se Tresina dovesse ritornare, l'aiuterete.»

«E voi?» domandò Gasparino tirandogli il talare da dietro.

Bernardo gli sfiorò il viso ancora roseo e accennò un sorriso.

«Io chiederò a Dio di indicarmi il cammino.»

Capitolo 10

Ibla, 19 dicembre 1692

La notte scivolò via, come risacca sulla battigia.

Il profondo blu fece spazio al livido azzurrato dell'alba e la rugiada, brillante, tremolava sull'edera che si arrampicava testarda.

Bernardo si sedette esausto sul gradino della chiesa di Santa Petronilla e poggiò la testa, che sembrava pesargli più di tutto il corpo, sulle ginocchia piegate.

Ibla pareva avvolta in un candore virgineo. Immobile, a tratti incantata, aveva accompagnato i passi esausti di Bernardo e adesso lo osservava, con la tenerezza di una madre e l'audacia di un'amante.

Una brezza frizzantina si levò da dietro la fitta catena montuosa per intrufolarsi sotto il talare impolverato e sgualcito.

Bernardo rabbrividì e alzando lo sguardo vide un gatto mielato che lo puntava.

«Che c'è? Non ho cibo da darti né carezze.»

Il gatto miagolò come se avesse voluto intraprendere una conversazione mentre Bernardo affondò la testa tra le ginocchia, le braccia penzoloni.

Un gallo, poco più in là, salutò il giorno.

Bernardo girò il capo verso il gatto e cominciò a parlare da solo.

«Prima che canti il gallo, mi rinnegherai… lo ha detto Gesù a Pietro. Tu sei mai stato abbandonato da chi avrebbe dovuto amarti?»

Il gatto miagolò di nuovo e a Bernardo spuntò l'ombra di un sorriso.

«Mi dispiace per te, non è una cosa bella. Io sono stato rifiutato da mia madre e dal precettore che avrebbe dovuto crescermi con la dedizione di un padre. Mi hanno sempre odiato, o quantomeno mi ha odiato lei, e da lei, come da un fiume che alimenta i fossi, lo stesso odio ha cominciato a sgorgare anche da padre Fernando. Vuoi sapere perché?»

Il gatto inclinò leggermente la testa, come a sentire meglio, e si accomodò sulle zampe posteriori.

«Che gatto curioso… dunque: avevamo circa quattro anni, mio fratello e io, forse cinque e stavamo litigando per delle nespole. Ne avevamo mangiate moltissime e sul tavolo ne erano rimaste tre, lo ricordo con precisione. Eligio allungò la mano e ne afferrò due. "Io sono il maggiore", disse, "a me ne spettano due, a te una soltanto." Cominciammo a rincorrerci; lui stringeva le due nespole così strette che il succo gli colava dalle dita, fino a sporcare la camicia bianca. Io lo rincorrevo, piangendo dalla rabbia e in questo rincorrerci finimmo a ridosso di una scala.»

Bernardo chiuse i pugni, conficcandosi le unghie nella carne.

«E io l'ho spinto. Ero arrabbiato e l'ho spinto. Eligio prima di cadere si aggrappò al mio collo e le due nespole gli scivolarono via, ormai ridotte in poltiglia. Ruzzolò per le scale come una biglia, sembrava giocasse e quando arrivò in fondo rimase immobile.»

Il gatto spalancò la bocca in un grande sbadiglio e poi cominciò a leccarsi le zampe.

«Io da sopra guardavo la scena; avevo vinto, come altre volte aveva vinto lui. Cominciai a chiamarlo: "Eligio? Alzati dai che se ci trova padre Fernando siamo nei guai..." Ma Eligio non si alzava, stava lì, con la faccia sul pavimento e le gambe scomposte. Del dopo ricordo solo confusione e il sapore del sangue nella bocca per le punizioni corporali, e i digiuni, lunghissimi, taglienti. Ho pagato e continuerò a pagare per sempre se solo questo risanasse le gambe di Eligio... Ma lei no, lei non deve pagare per causa mia.»

Il viso di Bernardo, persa la solita avvenenza, era ormai paonazzo per l'ansia e il dolore.

Il gatto, con la flemma sorniona tipica della sua specie, venne a strusciarsi tra le gambe, entrando e uscendo dal talare come da una tenda.

Lui allungò la mano verso la testa pelosa del felino, ma all'improvviso, sbattendo entrambi i piedi sul selciato, si tirò su facendolo scappare impaurito.

«Il santuario!» si diede una manata sulla fronte.

«Come ho fatto a non pensarci prima... E comunque ti ringrazio», disse rivolgendosi al gatto, nascosto dietro un cespuglio. «Per avermi ascoltato senza giudicare.»

Gli bastarono dieci minuti di camminata a passo spedito per trovarsi, quando il sole era già sorto, al santuario della Madonna della luce.

Sorgeva, questo, in una piccolissima radura ai piedi di Ibla, fra il tiepido corso d'acqua dell'Irminio e l'imponente costone che separa, con la perentorietà della natura, la città dal monte.

Era stato eretto – circa due secoli prima – dai padri carmelitani, con l'intento di accogliere donne gravide scacciate di casa o costrette a fuggire.

Caduto poi in malora, aveva perso il suo ruolo di ricovero per diventare solo una meta di pellegrinaggio; un luogo santo cui poter affidare le ansie e le preoccupazioni della maternità.

A Bernardo bastò percorrere l'ultima curva della scoscesa stradina per riconoscere Tresina, rannicchiata intorno alla sua prominente pancia, coperta dal suo solito scialle e con gli abiti larghi accomodati alla rinfusa. Lei, riconoscendo il suo passo, alzò lo sguardo ed entrambi restarono immobili, come se compiere un solo gesto o emettere un semplice respiro avesse potuto rompere la perfezione di quel momento.

Poi lui si avvicinò e, senza invadere uno spazio conquistato in una notte lunga e sofferta, le si sedette accanto.

Sulle loro teste incombeva, tenera, una madonna rosea con, stretto in un abbraccio molto terreno, un rubicondo Gesù bambino.

Tresina poggiò la testa, esausta, sulla spalla di lui ed entrambi rimasero a guardare, immersi nei propri pensieri, il verde brunastro che riluceva all'orizzonte.

«Mi fici scantari», disse poi lei all'improvviso, senza

scostarsi dalla spalla di lui. «Mi dissi ca tu v'affinisci n'galera, pigghiatu a corpa e timpulati e io bruciata viva.»

Bernardo le afferrò la mano e la tenne stretta, inchiodata al suo ginocchio.

«Mi dissi macari ca sugnu una buttana, ca satanasso mi trasiu dintra lu cori e ca stu picciriddu...»

Bernardo si voltò di scatto e prima che lei potesse continuare le baciò le labbra rinsecchite dal freddo e dal sale delle lacrime.

«Basta così», sussurrò lui mentre le carezzava i capelli che erano scivolati scomposti dal tuppo.

«Mi dissi ca mi scippa stu picciriddu», singhiozzò lei mentre si stringeva come in un abbraccio la pancia, «dissi ca unni sugnu e sugnu mi trova e u mmazza.»

Bernardo la strinse a sé e lasciò che le lacrime ingoiate, in quella lunghissima notte, potessero sgorgare e liberare quell'anima in tumulto.

Aspettò che il respiro si regolarizzasse e che il pianto, quasi infantile, si esaurisse nello sfinimento del dolore. Poi le baciò gli occhi e fece scivolare piano la sua mano sulla pancia tesa.

«Nessuno vi farà del male. Fin tanto che campo io, su questa terra, nessuno torcerà un solo capello né a te né a questa creatura. Ti fidi di me?»

Bernardo le allontanò il viso affinché i loro occhi potessero guardarsi e guardare soprattutto dentro i loro rispettivi cuori.

Tresina lo fissò, spaesata, forse solo tremendamente impaurita, poi annuì asciugandosi le ultime lacrime sulla tonaca ormai fradicia.

«Da quanto tempo non mangi?» le domandò lui sistemandole lo scialle che le era scivolato.

«Di quannu mi ni scappai...» rispose lei quasi con vergogna.

«Avrai una gran fame; anzi, avrete una gran fame», sorrise lui alzandosi in piedi. «Avanti, forza e coraggio; torniamo a casa.»

Lei lo guardò incantata; ancora una volta, in quell'uomo dominato dalle passioni e vinto dalle responsabilità, riuscì a scorgere l'imponenza della determinazione. Nel suo sorriso rassicurante trovò riparo, lo stesso, che un anno prima le aveva offerto una possibilità.

Nel suo dolore, ebbe certezza di essere amata.

Bernardo le offrì la mano e lei gliela porse ma prima di alzarsi lo pregò: «Bernardo, pi carità, biniricitimi».

Capitolo 11

Ibla, 23 dicembre 1692

I giorni che seguirono la lunga notte trascorsa alla ricerca di Tresina furono carichi di un entusiasmo infantile misto a una spropositata e malsana sete di vendetta.

L'entusiasmo prendeva Bernardo la mattina quando, svegliandosi, la trovava al suo fianco. Ed era una allegria che lo accompagnava per tutto il giorno, regalandogli la leggerezza della felicità. Averla ritrovata, quando già pensava di averla persa, gli sembrava un dono, uno di quei regali ormai insperati e dunque irripetibili.

La sete di vendetta, invece, lo assaliva la notte quando il respiro di Tresina, fattosi più regolare, lo riportava allo scandire del tempo. Era in quelle ore che il bel padre parroco, percorso dai brividi di rabbia e distante dallo spirito caritatevole che avrebbe dovuto governarlo, si lasciava trascinare meditando le peggiori ritorsioni.

Alle volte immaginava di irrompere in casa di sua madre e di avventarsi su padre Fernando, fino a fargli implorare pietà; altre, di vendicarsi su di lei, sua madre, donna snaturata e perfida.

E quando i pensieri, come cavalli senza controllo galoppavano nelle campagne della fantasia, Bernardo si abbassava a pensarsi nel ruolo di calunniatore, pronto a denunciare, con l'autorità della sua veste, i due satanici persecutori della sua felicità.

In quegli attimi di offuscamento, era disposto a perdere anche se stesso pur di placare il proprio odio.

Bastava, tuttavia, che il suo sguardo si posasse sulle morbide forme di Tresina e che l'odore di lavanda essiccata e latte caldo gli invadesse le narici e arrivasse alla testa, per far sì che i suoi peggiori propositi si sciogliessero in un semplice abbraccio.

Si addormentava così, quando il buio era denso e la notte profonda; e lo faceva con una mano sul seno e l'altra sui capelli di lei.

Trascorreva, in quei giorni, buona parte del suo tempo in canonica spostandosi nella piccola chiesa collegata, solo per dir messa.

Se ne stava perlopiù seduto su una polverosa poltrona e la guardava stupito.

Era come preso da incantamento dinanzi a quella angelica e perfetta maternità. Il miracolo della vita, l'unico per il quale sentiva un debito di riconoscenza verso Dio, lo stordiva e lo entusiasmava come un bambino dinanzi alla magia.

«Ma tu lo senti?» le chiedeva sovente.

Lei lo guardava divertita e si avvicinava con la seducente naturalezza della sua condizione. Poi gli prendeva una mano e se la portava sul ventre.

Bernardo avrebbe potuto restare in quel modo per ore a sorprendersi per ogni movimento, alzando lo sguardo quasi istupidito verso di lei che, soddisfatta, annuiva.

La serenità di quei giorni vissuti nella modesta dimensione di una canonica fu moltiplicata anche dal clima di intensa cordialità che la congiunta ricerca di Tresina aveva instaurato tra i pochi fedeli.

U ciumararu, vinta la naturale ritrosia alla conversazione, aveva cominciato a dialogare con la Mecia che a sua volta, nonostante la fama del suo passato la precedesse, era riuscita a imbastire gesti di parsimoniosa gentilezza con le due zitelle.

Anche con Bernardo i quattro frequentatori dell'Itria avevano cambiato atteggiamento. La disperazione a cui avevano assistito era stata per loro anche la prova non solo del grande amore del padre parroco per quella donna ma anche della sua vigorosa umanità.

Che il protagonista di quella complessa vicenda fosse proprio il loro prete cominciava a importare poco; del resto ognuno di loro, con il proprio vissuto e il proprio dolore, aveva qualcosa da rimproverarsi. Pertanto, tutti e quattro, affacciati al tramonto della vita, decisero di accettare l'errore altrui: primo passo per perdonare se stessi.

Il Natale, nella arroccata città, riecheggiava prepotente sotto il suono delle zampogne.

Ogni chiesa, imponente come San Giorgio e San Giovanni o modesta come San Rocco e Santa Petronilla, si era vestita a festa sfoggiando, sugli altari laterali, presepi di svariate dimensioni.

Pure l'Itria, riconosciuta dalla società iblea come chiesa del peccato, aveva omaggiato Nostro Signore con un piccolo presepio di terracotta che Bernardo, con i rimasugli della rendita ora negata, aveva offerto a Dio, forse in cambio di un sorriso.

Era la sera del ventitré di dicembre quando, come in una grande famiglia, alla fine della messa vespertina, Bernardo, padre Costante, Gasparino, a' Mecia, u ciumararu e le due zitelle, s'erano messi a sistemare una improvvisata grotta per ospitare meglio la Madonna, san Giuseppe, un bue che sembrava un cavallo, un asinello che assomigliava a una capra e un angelo benedicente.

Stavano procedendo in armonia quando la Mecia, dal cuore grande forse per averlo molto utilizzato, si avvicinò a Bernardo.

«Patri parrucu, mi scusassi... ma nun è ca a Tresina ci facissi piaciri scinniri?»

Bernardo allargò le labbra in un sorriso grato; si guardò intorno e trovò espressioni di incoraggiamento poi si fermò su padre Costante, l'unico che – pur non voltandogli mai le spalle – non gli aveva mai taciuto rischi e conseguenze del suo concubinato.

Il cappuccino rimase con gli occhi bassi poi si sistemò il cordone intorno al saio e deglutì.

«Volete che la chiami io, padre Bernardo?»

Fu quella, una delle sere più esaltanti della sua esistenza.

Per la prima volta, e per il primo Natale della sua vita, Bernardo ebbe modo di provare la grandiosa esaltazione della normalità.

Pur conscio dell'imprudenza e timoroso delle sue conseguenze, per quella anti-vigilia, il padre parroco, dagli occhi belli e dal sorriso luminoso, si sentì amato. E l'amore che sentiva vibrare nell'aria non era solo quello da parte della donna amata, ma anche dell'amico che aveva accettato di lasciarlo percorrere le strade impervie delle sue scelte, quello di un bambino che lo ascoltava incantato. C'era l'affetto imprevisto e gratuito di una anziana prostituta redenta, di un vecchio ciumararo che si era fatto cittadino e di due zitelle che, forse grazie a lui, si erano scoperte meno inviperite con la vita.

Quella notte, dopo aver sistemato la paglia nella mangiatoia e avere disposto con cura le statue, stretto alle spalle di Tresina, Bernardo sprofondò nel sonno senza che i pensieri di cruenta violenza gli offuscassero la ragione e gli impedissero di dormire.

Tuttavia, nel cuore della notte, i sogni si trasformarono in incubi.

Bernardo vide, come uno spettatore inerte, padre Fernando avanzare inarrestabile con una torcia accesa tra le mani.

Dietro di lui, avvolta in un manto nero e coperta da un cappuccio, stava sua madre che, come in un rito funesto, portava con sé un vassoio d'argento coperto da un drappo.

Il loro passo cadenzato era un presagio di morte, che si impossessò di Bernardo che sapeva di essere schiavo di un sogno ma non riusciva a liberarsene.

Avrebbe voluto avventarsi su quei volti malefici ma era trattenuto da qualcosa; due uomini gli serravano le braccia e le gambe costringendolo ad assistere immobile alla scena.

La macabra processione dei due si arrestò di fronte a una catasta di legna sulla cui sommità stava piantato un palo.

Un rullo di tamburi annunciò l'arrivo di chi doveva salire al patibolo.

Tresina, come un agnello destinato all'altare, veniva condotta sulla catasta e assicurata con strette funi al palo. Il suo ventre era piatto e Bernardo la guardava attonito e disperato. Avrebbe voluto gridare ma dalla sua bocca non usciva alcun suono, come se le sue corde vocali fossero state recise.

Padre Fernando, dopo aver recitato un rito in una lingua sconosciuta, avvicinò la fiamma alla catasta che immediatamente prese fuoco.

Bernardo si dimenava: lacrime e sudore cominciarono a offuscargli la vista.

Ebbe la sensazione di svenire ma prima che le forze gli venissero meno, vide sua madre avvicinarsi.

Per un attimo credette che lo avrebbe liberato, ma quando gli fu accanto fece scivolare il drappo rivelando la vista più dolorosa.

Un bambino giaceva sul vassoio d'argento.

La gola era stata recisa con un taglio netto e il corpicino esangue era piegato su se stesso, come se non avesse mai perduto la posizione fetale.

Bernardo si accasciò sulle ginocchia e senza voce cominciò a urlare disperato.

«Bernardo, Bernardo chi fu?»

Tresina lo guardava preoccupata a pochi centimetri dal suo naso.

Con una pezza gli asciugava la fronte e gli baciava le guance.

«Chi succidiu? Chi fu?»

Bernardo la guardò incredulo; la parete tra il sonno e la realtà era ancora troppo sottile e il dolore decisamente vibrante.

Respirò a lungo lasciando che l'aria uscisse dalla bocca per consentire al cuore di rallentare la sua corsa.

«È stato un incubo», disse lui laconico.

«Un incubo scantusu assai», lo rintuzzò Tresina provando a estorcergli un sorriso.

Ma lui rimase impassibile, sconvolto.

Si alzò di scatto e si vestì.

«È presto Bernà, unnì vuoi iri a stura?»

Tresina era frastornata; nello sguardo vitreo del suo uomo intravedeva una determinazione che la sconcertava e le metteva paura.

Bernardo continuò a non parlare: bevve un sorso d'acqua e si sciacquò la faccia nel catino. Poi le si avvicinò, distrattamente, e con un gesto ormai abituale le baciò la fronte.

«Devo fare una cosa importante», disse lui serio, «una cosa che avrei dovuto fare da molto tempo.»

E andò via, lasciandosi aperta la porta alle spalle.

Nessuna luce, nemmeno quella di una pallida luna, illuminava i passi decisi del padre parroco.

Conosceva ogni pietra di quella città, ogni gradino e ogni singolo anfratto. Non tentennò mai, destreggiandosi tra selciato e basole con la leggerezza di un gatto. Sentiva crescere, come un rigurgito indomabile, la sete di vendetta che covava da tanto. Quel sogno, così nitido, così violento lo aveva sconvolto e spinto a una risoluzione rimandata a lungo: doveva liberarsi di quel dolore e per farlo era necessario squarciare quel velo di ipocrita falsità. Voleva seguire l'istinto e avventarsi, con l'irrazionale determinazione degli animali, contro il proprio nemico.

Attraversò il quartiere degli Archi e si inerpicò verso Sant'Agnese per poi ridiscendere in direzione della grande piazza.

Poche case davano segni di vita esponendo fioche lampade a olio accese; tutte le altre sembravano fantasmi le cui lunghe ombre incombevano nefaste.

Bernardo sentì ragliare qualche asino al suo passaggio e latrare cani legati nei cortili. E prima che i pensieri, figli dello spavento notturno, potessero riordinarsi nella sua mente, si trovò al cospetto dell'imponente chiesa di San Giorgio.

Immensa e sobria sembrava redarguirlo per il bestiale istinto che lo governava.

Bernardo si fermò a sfiorare con le dita, sul grande portone centrale, il bassorilievo del santo e del drago.

Dal san Giorgio cavaliere, bellissimo e coraggioso, Bernardo era rimasto affascinato sin da bambino e aveva coltivato, pur nella disillusione adulta, il culto e la meraviglia.

«Non mi aiuterai a vendicarmi; potresti almeno aiutarmi a perdonare», disse fra sé e sé guardando in alto, in quel punto dove la statua fiera troneggiava vittoriosa.

Poi chiese assistenza, recitando tre Ave Maria e un Pater Noster e riprese il cammino.

Tutta la sua esistenza era stata un continuo alternarsi di preghiera e peccato; pregava per abitudine e peccava per disobbedire. E, di quella terribile disobbedienza di cui aveva spesso sognato e talune volte meditato, adesso Bernardo si faceva vanto.

Il cielo plumbeo cominciava a tingersi di giorno con pennellate violacee.

Attraversò la grande piazza e si diresse verso il portone sobrio di Palazzo L'Arestia Corbara.

Lo guardò con sfida poi afferrò il battente di ferro per scagliarlo con violenza contro il legno, ma prima che questo potesse sfuggirgli dalla presa, la sua mente tornò a Tresina.

Gli apparve nitida l'immagine del suo sorriso, lo svolazzare inquieto dei suoi capelli e la curva audace della sua schiena. Sentì il vibrare del suo corpo sotto i colpi del piacere e il sapore inconfondibile celato dietro le sue orecchie.

Ripercorse gli ultimi mesi, con il battente ancora stretto nel pugno: la rivide. Prima disperata e forte, poi ardita e seducente. Ripensò alla sua pazienza e al coraggio nell'affrontare la vergogna e la cattiveria e, ora, anche la paura del futuro. Immaginò anche il volto di suo figlio: occhi verdi come la madre e sorriso spavaldo come il padre.

Fu allora che Bernardo appoggiò delicatamente il battente al portone, attento a non fare rumore, e riscappò via.

Rivolse un ultimo sguardo alla chiesa che adesso lo guardava benedicente ed evitò di aggiungere peccato al peccato.

Capitolo 12

Ibla, 24 dicembre 1692

Alla sera del ventiquattro dicembre dell'anno del Signore 1692, Bernardo uscì dalla sacrestia, sulla navata laterale della chiesa dell'Itria, vestito con i paramenti festivi della liturgia del Natale.

La casula, bianca e oro, simbolo visibile che glorifica la volontà di Dio di mostrarsi al mondo, era stata sapientemente ricamata da Tresina su disegno delle imponenti casule dell'arciprete di San Giorgio.

Bernardo la indossava con fierezza, sfiorando i sottili ricami come se stesse accarezzando le mani di chi li aveva realizzati.

Sulle panche, non più distanti ma seduti l'uno accanto all'altro, stavano i quattro fedeli della piccola chiesa con l'aria distesa di chi ha superato la bassezza delle polemiche. Dietro il presbiterio, infine, come una Vergine delle rocce, s'era andata a nascondere Tresina, nonostante Bernardo l'avesse pregata di rimanere in casa.

Il padre parroco, la cui bellezza era evidente agli occhi di tutti, avanzò lieto, con la serenità di chi aveva intrapreso l'arduo viaggio verso il perdono.

Al suo fianco, anche loro vestiti con i paramenti natalizi, stavano Gasparino, al quale era stata imposta una rasatura totale dei capelli al fine di debellare i pidocchi ostinati, e padre Costante, la cui mole esaltava il bianco della casula.

Le due zitelle, agghindate con i loro unici abiti da festa, avevano intonato uno stonatissimo introito al quale si erano uniti, arrancando, il ciumararo e la Mecia. Sempre rannicchiata dietro l'altare anche Tresina cantava tenendosi la pancia prominente che da qualche giorno si era vistosamente abbassata e affidando, nota dopo nota, la sua creatura a Dio.

Bernardo tese le mani a Gasparino per farsi consegnare il turibolo e rimase in apnea durante il tempo necessario a incensare l'altare poi diede inizio alla liturgia mentre il sovrapporsi delle molte campane nei tanti campanili di Ibla creava, confuso, una musica celeste.

Il padre parroco attese che Gasparino e padre Costante prendessero posto negli scranni attorno all'altare maggiore, e iniziò a leggere la parola di Dio. Fu in quel momento che il chierichetto si sentì chiamare.

«Gasparì, Gasparino, vieni ccà, aiutami...»

Il bambino strabuzzò gli occhi e si guardò intorno. Rimase un attimo con le orecchie tese e le pupille quasi fuori dalle orbite poi risentì la voce.

«Gasparino, ccà, darrieri.»

Il bambino saltò giù e quando girò intorno al presbiterio scoppiò a ridere tenendosi entrambe le mani davanti alla bocca spalancata per evitare che lo sentissero tutti.

«Scimunitu, invece di ridiri aiutami...»

Tresina stava immobile con le gambe leggermente divaricate intorno a una pozzanghera d'acqua.

«Tresì, ma ti pisciasti?» domandò il bambino divertito.

Lei si morsicò il pugno chiuso per evitargli un sonoro schiaffone e gli tese la mano.

«Ma che pisciata… questa una cosa normalissima è, tu però si picciriddu e nun puoi capiri.»

Gasparino continuò a ridere divertito.

«Vieni ccà, fammi appoggiare e amuninni a casa…» disse Tresina stringendo i denti e mutando espressione nel volto.

«Ma per tornare alla canonica s'à passari pi forza da lì.» E con il dito Gasparino indicò l'altare maggiore e le belle spalle di Bernardo imponenti dentro i paramenti.

«Santa pacienza Gasparì, chista cù l'autri…» e senza pensarci un attimo, appoggiata al chierichetto, Tresina si incamminò, a fatica.

Così, nel bel mezzo della lettura del Vangelo, quello strano corteo attraversò il presbiterio e tagliò in due la navata centrale.

Padre Costante spalancò la bocca mentre Bernardo si interruppe bruscamente, paralizzato.

Anche i quattro fedeli, per quanto ormai abituati alle stranezze di quella chiesa, rimasero attoniti di fronte a quella inusuale processione.

Tresina, quasi piegata in due, camminava a fatica tenendosi con una mano la pancia e con l'altra aggrappandosi a Gasparino.

«Cosa è stato?» domandò Bernardo correndogli incontro.

Gasparino gli fece cenno di avvicinarsi e gli sussurrò all'orecchio: «Si pisciò, ma s'affrunta a dirlo».

Tresina lo guardò di traverso poi si rivolse a Bernardo: «Mi dispiace assai… ma sta nasciennu».

Per Bernardo fu come ricevere uno schiaffo improvviso; senza preavviso né cautela alcuna, la verità lo metteva di fronte al fatto compiuto.

Cominciò a sudare, e una strana sensazione d'ansia prese a risalirgli per le gambe fino a percorrergli la schiena.

Si guardò intorno come per chiedere aiuto, trovò solo occhi più sconvolti dei suoi. Soltanto la Mecia si fece avanti con la solita irruenza.

«Padre Bernardo, faciti fari a mia; sette parti ebbi, u sacciu bona comu nasciunu i picciriddi.»

Lui si limitò ad annuire, con la bocca secca e le mani umidicce per la paura.

Poi chiese perdono a tutti, anche a padre Costante, e distrattamente diede una biascicata benedizione.

Nella piccola canonica, chiuso in cucina insieme a padre Costante, u ciumararo e Gasparino, Bernardo trascorse più di quattro ore. Nell'altra stanza, invece, restarono serrate Tresina coadiuvata dalla Mecia e dalle due zitelle che, affascinate, sentirono, in quella lunga notte, di essere parte del miracolo della vita.

Gasparino, in quanto innocente bambino, fu l'unico autorizzato a tenere informati gli uomini delle condizioni del parto e andava e veniva dalla camera da letto con il piglio di un medico anziano.

«Dissi a Mecia ca ancora nun si nni parra», sentenziava

lapidario ai tre uomini sconvolti dalle grida e terrorizzati per l'epilogo incerto.

Di tanto in tanto una delle due zitelle usciva dalla stanza trafelata e senza degnare nessuno di uno sguardo ordinava dell'acqua calda e delle pezze di lana pulita per poi rientrare dentro, senza offrire spiegazioni, come inghiottita da una nube di mistero.

Poi d'un tratto il susseguirsi ormai estenuante di grida strazianti o soffocate si interruppe e per qualche istante nessuno ebbe il coraggio di respirare.

Bernardo rimase con lo sguardo vitreo, febbrile, a guardare la porta chiusa e padre Costante, stretto il cordone tra le mani, cominciò a recitare un rosario. Anche il ciumararo, con le dita callose e il volto rugoso, abbassò gli occhi e affidò le sorti di Tresina e del bambino alla Madonna.

Sembrò un tempo infinito, lungo come il sonno della morte, poi Gasparino venne fuori con ancora addosso gli abiti da chierichetto e un incoraggiante sorriso sdentato sul volto soddisfatto.

Suonava la mezzanotte e lo scampanio di troppe campane a festa si confuse al pianto glorioso di chi si affaccia alla vita.

In quella notte, simile a molte altre notti in cui aveva celebrato con la distrazione dell'abitudine Gesù nella mangiatoia, non era solo nato suo figlio, di cui ancora non conosceva il volto. Bernardo sentì, dalle viscere della terra e dalle radici più recondite della propria esistenza, che a rinascere era proprio lui stesso.

Qualcuno, forse proprio quel Dio che aveva tenuto troppo sulla bocca e poco nel cuore, gli stava per la prima volta offrendo una possibilità, forse l'ultima o magari l'unica.

La gioia era come un vento caldo che sovvertiva i pensieri, scompigliando l'anima con l'euforia dell'amore e la tenerezza della paternità.

Si guardò intorno, incredulo, grato e nella felicità altrui ebbe conferma della propria.

Poi si coprì il volto e si sciolse in pianto. Le lacrime gli rigarono il volto scarno tuffandosi, come rugiada, sulle labbra dischiuse nel sorriso. Quando la porta si spalancò, lasciando intravedere una confusione umida e sgualcita di lenzuola, ne uscì fuori la Mecia brandendo un fagotto tra le braccia. Bernardo temette di non avere abbastanza forza per reggere quell'emozione.

Si avvicinò tremante, con le mani dietro la schiena e si affacciò su quell'involto di coperte e lino.

«Taliassi ch'è beddu», lo invitò la Mecia portandoglielo sotto il naso. «Un masculuni è... e se lo dico io...» ammiccò soddisfatta.

Bernardo lo osservò con avidità.

Contò le dita delle mani e le rughe sulla fronte. Gli osservò i capelli, neri, tutti dritti come gli aculei di un porcospino e le labbra.

«Come le mie», disse tra sé e sé con gli occhi ancora offuscati dalle lacrime.

L'ultima di lacrima, la più impertinente, cadde sul mento del bambino che si raggrinzì.

Bernardo si premurò di asciugarla baciandolo.

Poi gli impose le mani, socchiuse gli occhi e gli segnò la fronte con la croce.

«Benvenuto al mondo Eligio, figlio mio, Dio ti benedica e perdoni tuo padre che non ha resistito al desiderio di questa felicità.»

Capitolo 13

Ibla, 9 gennaio 1693

Diventare padre, era stata per Bernardo la rivoluzione più travolgente della sua vita.

Sebbene avesse vissuto un'esistenza ai limiti della vertigine, sempre in bilico con se stesso e incline alla sregolatezza, di colpo il reverendo L'Arestia Corbara era divenuto mite, remissivo e tollerante perfino nei confronti delle maldicenze a suo carico.

Dopo che la notte di Natale Tresina gli aveva portato in dono un paffuto e strillante maschietto, Bernardo aveva preso a sorridere e rivolgere la parola a tutti, anche a chi rifiutava con ostentazione la sua gentilezza.

Si immergeva spesso nel chiasso della piazza e si avvicinava alle persone più disparate, come a volere mostrare la sua gioia; non per vantarsene bensì per condividerla.

Questo non bastava, purtroppo, a vincere la palese ripulsa che la città gli dimostrava, ma a Bernardo importava ben poco da che la vita gli aveva riservato una felicità tale e per lui inusitata.

Sorrideva, non più per provocare ma semplicemente perché il suo viso sembrava non riuscire a fare altro. Si sentiva leggero, come un granello di sabbia, sospinto dal vento della soddisfazione, l'unico in grado di soffiare davvero sulle vele della vita.

Passava intere ore a osservare Eligio, quasi contemplandolo.

Guardava le sue gambette esili, che giorno dopo giorno diventavano sempre più tornite, e le mani paffute, con quelle unghiette affilate.

Poi provava a indovinare il colore dei suoi occhi.

«Mi sembrano verdi, come i tuoi...» sosteneva un momento e dopo pochi istanti cambiava idea. «Ma potrebbero essere grigi, come quelli di mio fratello.»

Tresina lo seguiva nei suoi ragionamenti con la mollezza della maternità e l'ironia della maturità.

Dopo avere allattato il piccolo, lo cedeva a Bernardo che si preparava a cullarlo come se fosse un rito sacro, il più sacro che avesse mai celebrato.

«È presto pi capiri u culuri di l'uocchi...» sentenziava lei con il piglio dell'esperienza. Ed effettivamente Bernardo era estasiato, vedendo crescere in lei un istinto per il quale provava una sana invidia. Fra Tresina e il bambino vi era una simbiosi perfetta, una reciproca necessità, un incastro fisico ed emotivo di cui lui avrebbe voluto essere parte.

Ogni tanto si rintanava in un angolo e quasi spiava i loro gesti.

La madre, con la scioltezza d'un giocoliere, rigirava il piccolo Eligio tra le mani spostandolo da un seno all'altro, come se l'avesse sempre fatto.

Poi lo cullava, con la leggerezza di un ballo e sembrava coprirlo di baci e di parole, di canti e di promesse.

E non era solo Eligio a addormentarsi al suono angelico della voce di Tresina; anche Bernardo, come fosse ritornato bambino, appena le sentiva intonare le prime note si adagiava sul cuscino e osservando quella scena celeste, crollava.

«*E a la vo*
Voli li canti
Comu lu figghiu di li mircanti
Voli li canti e li canzuni
Comu li figghi di li baruni
Dormi me figghiu ca la naca è nova
D'oru li cordi e d'argentu li chiova
Lu chirchiteddu di curallu finu
Dormi me figghiu finu a matinu.»

Gli incubi erano ormai ricordo di un passato da dimenticare, avevano smesso di fargli visita e le notti trascorrevano placide lasciando il passo alla serenità delle mattine. Tutte fuorché una.

La mattina del nove di gennaio Bernardo si svegliò con il solito scampanellio di padre Costante nelle orecchie. Tresina ed Eligio dormivano serafici, l'uno incastrato nell'altra, fiato su fiato, guancia contro guancia.

Bernardo li osservò incantato come sempre poi si alzò piano e si diresse alla finestra per mettere a tacere l'amico solerte.

Socchiuse di poco gli scuri facendo cenno a padre Costante; poi volse gli occhi al cielo e si sorprese che avesse un colore rossastro, più simile a un tramonto che all'alba.

Un brivido gli percorse le spalle, come il presagio di un pericolo che lo stesse avvinghiando alle gambe per poi risalire, lento.

Scosse la testa più volte, come per scrollarsi di dosso la paura e cancellarla.

Quando arrivò nella sacrestia era pallido e provato.

«Non avete dormito?» gli domandò subito padre Costante.

«Al contrario. Dormo benissimo ultimamente ma oggi, adesso, questo cielo denso, rossastro e statico, mi provoca un'ansia che non saprei spiegare. È come se volesse dirmi qualcosa che io non riesco a comprendere; sono certo che sia un avvertimento ma la sua voce mi arriva ovattata, oscura…»

Bernardo non era nuovo a questi discorsi e padre Costante aveva imparato a trattare le sfumature del suo carattere e le bizzarre convinzioni. Sapeva che per il giovane parroco un colore inconsueto del cielo o un vento più intenso significavano un imminente stravolgimento della normalità.

«C'è caldo», riprese Bernardo continuando a guardare il cielo, «come se l'inverno non volesse arrivare; e poi soffia questo vento da nord, asciutto e feroce: anche il vento vuole dirmi qualcosa.»

Il cappuccino aprì l'armadio dei paramenti e preparò il necessario per la celebrazione.

«Magari padre Fernando e mia madre stanno tornando alla carica; o forse l'Inquisizione, raccolte le testimonianze necessarie, ritiene di avermi lasciato tempo a sufficienza per sistemare le cose, e ora sta muovendo i passi contro di me, o peggio, contro Tresina e il bambino.»

Padre Costante gli si avvicinò placido, mettendosi al suo fianco.

Non parlò, perché tra loro non c'era bisogno di troppe parole. Era la presenza fraterna del cappuccino a rassicurare Bernardo; il viso rubicondo del frate e la sua mole erano distensivi e scioglievano le sue paure.

Negli anni si erano reciprocamente dati ciò di cui mancavano: ironia in cambio di moderazione, ostinazione in cambio di dedizione.

Erano opposti ma complementari, tra loro irriducibili ma indispensabili.

«Lasciate che la gente parli, lo farebbe comunque. Piuttosto, voi, non credete che quest'ansia, questo vostro inquieto timore di un fatale disastro possano essere figli di una vostra necessità?»

Bernardo distolse lo sguardo dal cielo incombente e lo rivolse al frate.

L'unica necessità che si sentiva scorrere nelle vene, come un torrente di dovere e responsabilità, era la cura delle due persone che più aveva a cuore; per il resto non avvertiva il bisogno di nulla.

«Non volete confessarvi?» domandò senza giri di parole padre Costante.

Cadde il silenzio, sordo e grave, avvolgendo la sacrestia in una bolla sospesa.

Bernardo abbassò gli occhi e si guardò le scarpe impolverate e l'orlo scucito della tonaca.

«Sono passati anni...» balbettò senza incontrare gli occhi dell'amico.

«Dovreste», riprese il frate, «non soltanto per celebrare

l'eucarestia ma per la vostra anima, per ciò che è stato e per ciò che sarà.»

Bernardo si torturò i pollici dopo avere incrociato le altre dita, poi riprese a scrutare il cielo, come se lì, in quel rosseggiare incoerente, potesse trovare una risposta.

«Io sono qui, quando vorrete», si limitò a sussurrare padre Costante, prima che la vocina briosa di Gasparino riportasse quella mattina alla normalità.

Trascorse così quel venerdì di gennaio, tra folate improvvise d'un caldo anomalo e colori d'oriente che distoglievano, come sirene, il padre parroco dalla consapevolezza dei suoi errori.

Le parole del cappuccino gli riecheggiarono in testa per tutto il giorno diventando una litania estenuante.

«Perché dovrei confessarmi?» si domandava parlando da solo, come un pazzo. «In fondo Dio sa e tanto basta.» Eppure sentiva, come un peso, il bisogno di affidare se stesso, di rimettere i suoi peccati e di sentire posare, sulla sua fronte spaziosa, il gesto della tanto agognata assoluzione.

Vagò, col naso per aria, affascinato dal contorto movimento delle nubi e timoroso per la sua anima.

Cosa stava cambiando in lui? E perché sentiva, lacerante, il bisogno di darsi pace?

Era forse la paternità ad averlo spinto spalle al muro? Quella paternità così tenera e struggente a costringerlo, suo malgrado, a ripensarsi uomo?

S'era fatto buio e la luna, spicchio sospeso tra stelle distanti, lampeggiava inquieta.

Eligio fece sentire la sua voce, strillando il suo pianto; Bernardo lo raccolse dalla culla come un fiore, e gli baciò la fronte.

L'ora quarta suonava nella chiesa di San Bartolomeo mentre il padre cullava il figlio dondolandolo. D'improvviso il pavimento cominciò a muoversi dapprima come un'onda e poi come se cento cavalli imbizzarriti galoppassero calpestando con furia il terreno.

Bernardo si mosse, stringendo a sé Eligio così forte da farlo piangere, e gridò a Tresina: «Scappa!»

Ma lei sembrava una statua, immobile, pallida come la cera, trepida di paura. I suoi occhi erano sgranati dal terrore e la bocca spalancata, incapace di emettere suoni.

La canonica fluttuava, come un fiore d'acqua, e quel rumore, di tuono e di tempesta, rendeva tutto insopportabile.

Bernardo afferrò il braccio di Tresina e la strattonò fuori dalla stanza. Lei, come risvegliata da un incantamento, prese a correre giù per le scale. E più correva più i gradini sembravano scivolare da sotto i piedi e impedirle di andare avanti.

Poi fu silenzio.

Lo sconquasso violento, durato istanti lunghi come ore, divenne immobile attesa.

Sulla strada, incerta, si riversò la vita; la gente, frastornata o in preda alla disperazione, riempiva i vicoli e le piazze. C'era chi pregava e chi cercava parenti e vicini, controllando che stessero bene.

Una donna, poco più in là, gridò: «U tremotu, u terribilissimo tremotu», e come una litania si accodarono a lei in tanti, intonando un'antica preghiera.

Tresina, ancora barcollante, prese tra le braccia Eligio e lo coprì col suo scialle poi si sciolse in singhiozzi, nascondendo il volto sul petto di Bernardo.

«È finita Tresina mia», le sussurrò lui carezzandole i capelli. «È finita.»

Capitolo 14

Ibla, 10 gennaio 1693

Il livido cielo dell'alba, che si imporporava di rosso con striature imprecisate e cangianti, annunciò il giorno, dopo la grande paura del terremoto.

Vinte le ritrosie notturne, lentamente e con circospezione, le persone fecero ritorno alle proprie case.

Anche Bernardo, avendo intercettato sguardi malevoli di chi scrutava, per non dire, spiava Tresina e il bambino, decise che sarebbe stato più opportuno rientrare in canonica.

Le prime ore del giorno concessero un po' di riposo, sebbene un continuo brusio per strada, ricordasse la paura ancora viva.

Tresina, con Eligio addosso, s'era addormentata da poco. Bernardo le si era avvicinato, e con cura, le aveva sistemato la coperta che era scivolata via.

Era rimasta vestita, con la camicia stretta per via del seno prominente e la lunga gonna marrone che aveva riadattato da una vecchia tonaca dismessa da un frate.

Eligio, pur dormendo, stava avvinghiato al suo petto e nella beatitudine del sonno, di tanto in tanto, succhiava latte e conforto.

Bernardo, piegando la testa quasi fin sulla spalla, rimase a guardarli sebbene l'irrequietezza continuasse a turbarlo.

Quel cielo, ancora mutevole, lo agitava. I colori indefiniti e le forme incerte gli davano una strisciante percezione di paura.

Spostò lo sguardo da Tresina alla finestra e attese di vedere giungere padre Costante al fine di bloccarlo prima che il suo scampanellio disturbasse i suoi angeli dormienti.

Poi scese giù, solerte e curioso di sapere qualcosa in più su quella notte.

«Sia lodato Gesù Cristo», esordì padre Costante ma Bernardo lo incalzò subito con le domande senza nemmeno rispondere.

«Ci sono stati danni al convento? State tutti bene? E Gasparino? Come mai non è ancora arrivato?»

Il frate sorrise e sollevò le mani giunte.

«Grazie a Dio stiamo tutti bene; abbiamo avuto solo una grande paura e frate Adelmo si è sentito mancare subito dopo la scossa ma adesso si è ripreso...»

«E i bambini?» continuò Bernardo riferendosi a tutti gli orfanelli che vivevano in convento.

«Stanno bene, stanno bene... anche loro hanno avuto paura, qualcuno piangeva, qualcun altro si è ammutolito ma dopo poco tempo hanno trasformato l'occasione in una notte senza regole.»

«Bene», sospirò Bernardo rincuorato. Poi vide Gasparino corrergli incontro, col suo sorriso sdentato e i capelli ispidi come setole dopo la rasatura.

«Ti scantasti?» gli domandò Bernardo con una bonaria pacca sul collo.

«Matri santissima...» esplose il bambino sgranando gli occhi, «mi pisciai come Tresina a notti di Natali, sulu ca pi mia era scantu.»

I tre scoppiarono a ridere, poi Bernardo tornò serio e si rivolse al frate. «Ci sono stati danni? In piazza, in città intendo...»

«È crollata una casa già diruta nel quartiere dell'Immacolata e il notaio Blasco Di Martino è morto, pace all'anima sua.»

«Morto di cosa?» domandarono all'unisono Bernardo e Gasparino.

«Di scanto forse, o magari era giunta semplicemente la sua ora. E comunque», continuò padre Costante indovinando la domanda inespressa del parroco, «nella zona della piazza non vi è stato alcun danno.»

Bernardo annuì tranquillizzato, poi cedette il passo a Gasparino e all'amico e si diresse in chiesa.

La funzione, tanto breve quanto intensa, durò il tempo necessario al reverendo L'Arestia per ridare ordine a una notte di pensieri confusi e di inquietudini nascoste.

Per quanto ancora avrebbe potuto negare l'evidenza ostentando i suoi sorrisi e mostrandosi disinteressato al pettegolezzo e ai rischi dell'Inquisizione?

E a cosa sarebbe servito continuare a sfidare la Chiesa e i suoi uomini, indolenti ma prima o poi costretti a mostrarsi irremovibili nei confronti di un atteggiamento così sfrontato?

Se lo domandò nell'istante esatto in cui elevava l'ostia

consacrata, e proprio allora intuì cosa avrebbe potuto fare.

Finita la messa si rivestì in fretta e furia, prese Gasparino per mano, quasi trascinandolo dietro, e si precipitò nella canonica.

Tresina, ancora assonnata, stava preparando il solito latte caldo col miele mentre il bambino, al centro del letto, giocherellava con le sue stesse mani.

«Vorrei portare Eligio da mio fratello», esordì Bernardo spalancando la porta.

«U picciriddu?» fece eco lei quasi stordita.

«Sì, vorrei farglielo vedere, dirgli che porta il suo nome...»

Tresina si sistemò i capelli e si guardò gli abiti sgualciti che aveva addosso.

«Ma io m'affrunto...» sussurrò imbarazzata.

Bernardo le si avvicinò e le accarezzò le ciocche ribelli, che come sempre si staccavano dalla crocchia e le incorniciavano il viso.

«Lo porterò io», le sorrise lui conciliante. «Verrà con me Gasparino; perderemo giusto una mezz'orata scarsa.»

Tresina fece un passo indietro per poi precipitarsi davanti al letto, quasi sbarrandolo.

«E se cianci?» lo rintuzzò preoccupata. «Se ci veni una botta di fame, o ci acciana un muccuni di acido, o chi ni sacciu, ci veni lu sconfortu ca nun senti u ciatu miu?»

Gli occhi di Tresina s'erano fatti rossi, pronti a sciogliersi in pianto, come se bastasse l'idea di allontanarsi da suo figlio, anche se solo per poco, per gettarla nella disperazione.

Bernardo le baciò la fronte, con tenera dolcezza, e le sussurrò. «Non preoccuparti, sarà con me; ti fidi di me?»

Lei abbassò lo sguardo. Le sembrò incredibile il desiderio profondo che sentiva crescere dentro di rispondere a quella domanda con un sonoro «No».

Rimase invece sospesa, combattuta. Fino ad allora nella sua vita c'era stato solo Bernardo con le sue iperboli e le promesse di felicità. Avevano rischiato entrambi vivendo pericolosamente una vita sempre in bilico, tra l'amore e il peccato, tra lo scandalo e la punizione. Ma adesso tra loro s'era messo quel bambino con le labbra carnose e gli occhi incerti e per lei ogni parola aveva assunto un peso diverso, ogni rischio un valore assoluto.

Rimase in silenzio, poi, incalzata, si limitò ad annuire.

Avvolse Eligio nella coperta, gli coprì la testa con una cuffietta che la Mecia aveva ricamato grossolanamente e glielo consegnò.

«Bernardo, pi carità di Dio, fai attenzione.»

Attraversare Ibla, nel pieno di quel giorno, con quel fagotto tra le braccia – tra mercati e passeggio, notabili che teorizzavano sul terremoto e viddani che controllavano i danni delle scosse – fu l'ennesima provocazione che, come sapeva bene il padre parroco dell'Itria, non sarebbe passata inosservata.

Tuttavia, Bernardo sentiva il bisogno di correre da Eligio, come se dopo la tragedia appena sfumata la felicità della sua paternità non potesse risultare piena senza la condivisione con il fratello.

Accelerò il passo per non esporsi a lungo agli stessi occhi avidi e forse urtò qualcuno prima di trovarsi faccia a faccia con il governatore della contea di Modica, Blandano Castillett.

Era questi un uomo imperscrutabile, dall'iride grigia come un cielo carico di nubi e le labbra sottili, quasi inesistenti.

Nei lunghi anni che Bernardo aveva trascorso in Oriente s'erano avvicendati ben due governatori che il padre parroco aveva solo distrattamente conosciuto durante la sua giovinezza.

Di Blandano invece non sapeva nulla, se non il poco che serviva a ritenerlo tanto capace quanto spregiudicato.

Rimasero immobili, studiandosi, quasi annusandosi come animali. Poi il governatore serrò la mascella e forzò un sorriso.

«Siete voi, padre Bernardo? Il fratello del barone L'Arestia Corbara?»

Il reverendo annuì ricambiando il sorriso e prontamente, senza che l'imbarazzo potesse vincerlo, cedette il neonato a Gasparino.

«Voi siete il governatore Castillett immagino, la vostra fama vi precede.»

«Anche la vostra», sentenziò lapidario il governatore chiudendo l'arco della bocca in una smorfia severa. «Ho parlato con vostro fratello», disse riprendendo l'iniziale cordialità, «deve volervi molto bene il barone…»

«Lo stesso bene che gli voglio io; quello di due fratelli che hanno condiviso gioie e dolori, delusioni e amarezze.»

«State andando da lui?» chiese Castillett accarezzandosi i baffi piegati all'insù.

«Per l'appunto», rispose con sicurezza Bernardo.

«Molto bene; dite al signor barone che avrà ciò che ha domandato a condizione che mi dia ciò che io gli ho chiesto.»

Bernardo non rispose; gli piantò addosso i suoi occhi profondi, indagatori. Si limitò a fare un cenno chinando il capo, qualcosa che stesse a metà fra il congedarsi e l'annuire, poi chiamò Gasparino che giocherellava con Eligio tra le braccia e se ne andò.

Essere consci dei propri peccati e amarli come si ama la vita, come si ama il giorno infuocato e la notte profonda, è una condanna sospesa, una felicità ingrata che prima o poi chiederà conto al futuro.

Ecco come si sentiva Bernardo mentre, a passo spedito, si dirigeva verso quella che un tempo era stata la sua casa.

Sapeva, come una premonizione, che se non avesse fermato, in qualche modo, l'immagine di quella felicità nella sua memoria, questa, un giorno o l'altro, avrebbe ceduto il passo al dolore e lui temeva, quasi inorridiva, al pensiero di dimenticarsene.

Evitò, con cura, le strade più affollate ed eluse la piazza grande, sia per negarsi allo sguardo del santo patrono che per evitare inutili fantasticherie. Arrivò al piccolo portone del giardino e bussò.

Dovette aspettare a lungo prima che mastro Cono sentisse il battere dei pugni sul legno vecchio e si avvicinasse. Nel frattempo Eligio, con la frizzantina aria del mattino s'era svegliato e reclamava quel seno abbondante nel quale si compiva la sua esistenza.

«Oscenza a stura viniti? Di matina prestu?»

Mastro Cono si stupì di vederlo con i primi raggi del giorno più di quanto si era stupito del suo arrivo nel cuore della notte.

«Devo vedere mio fratello», rispose quasi implorante sull'uscio.

«Oscenza ma vostru frati si starà susiennu e poi ci saranno pieri pieri padre Fernando e a barunissa... Lassati perdiri.»

«Non posso», sospirò lui irremovibile, «devo vederlo adesso.»

Il vecchio giardiniere sbuffò poi spalancò il portone bofonchiando e fece entrare Bernardo. Ma prima di richiuderlo vide un bambino che si intrufolava dentro con un fagotto bianco.

«Furfante!» gridò mastro Cono. «Vieni ca, ca se ti pigghiu t'ammazzu.»

Gasparino si nascose tra le gambe di Bernardo ed Eligio, forse strattonato, cominciò a piangere a gran voce.

Mastro Cono rizzò le orecchie come un cane da caccia e poggiò lo sguardo su quella truscia di lana spostandolo, attonito, dal bambino a Bernardo.

«Ma allura vero è?»

Bernardo abbassò la testa e corrucciò le labbra.

«Oscenza», disse mastro Cono avvicinandosi con aria circospetta, «voiautri ca nun ci duviti veniri; vostra matri, se virissi stu picciriddu...»

«Continuate...» lo esortò Bernardo.

«Nun ù sacciu. Ma finissi a schifiu, pi vossia e pi tutti noiautri. Perciò, Oscenza, pi carità, jatavinni.»

Una rabbia, silenziosa e violenta, prese Bernardo che gli risalì fino alle tempie facendole pulsare visibilmente. Una vena, sulla fronte, gli si ingrossò al punto che sembrava scoppiargli e le mani, affusolate ed eleganti, si chiusero in pugni serrati, dentro i quali sembrava non scorrere più sangue.

Se avesse dato seguito all'istinto si sarebbe lanciato contro il vecchio e lo avrebbe schiaffeggiato per essersi permesso di rivolgersi in quel modo non soltanto al fratello del barone ma soprattutto a un uomo di Dio.

In realtà non fece altro che incassare l'umiliazione di non avere più peso in quella casa, dignità tra la sua gente.

Allentò i pugni chiusi e forzò uno dei suoi sorrisi, quelli necessari a contenere dentro la curva di una apparente felicità, le lacrime.

«Addio mastro Cono. Se potete, dite a mio fratello che sono passato.»

Capitolo 15

Ibla, 11 gennaio 1693

La mattina di domenica undici gennaio 1693 il cielo si mostrò terso, come mai al reverendo Bernardo era capitato di vedere. Nessuna nuvola macchiava l'uniforme distesa d'azzurro, come se una ininterrotta pennellata di colore avesse riempito l'intero spazio visibile.

Restò, dopo la messa mattutina, a naso in su per ammirare la vastità di quell'affresco naturale ed ebbe la sensazione che l'aria e il tempo e forse il mondo intero, per quel giorno, avessero deciso di fermarsi e dargli tregua.

Decise allora di affidarsi a quel silenzio.

La vita presto avrebbe ripreso a correre, senza riguardo alcuno, così sedette su un gradino, con le lunghe gambe ripiegate e coperte dalla tonaca nera.

Osservò Ibla dalle scale, con le case addossate sulle case e le chiese a coprire altre chiese e gli parve insolitamente bella. Quella città, che tanto aveva odiato negli anni della fanciullezza adesso rivelava una sua audace e incongrua bellezza. Lo provocava e lo stordiva mescolandosi ai dubbi, alle esitazioni, alla percezione insostenibile di inadeguatezza.

E mentre ne disegnava con le dita i profili armonici e sconclusionati, le forme ardite e i tanti campanili, si sentì chiamare.

«Reverendo? Reverendo L'Arestia?»

Bernardo si voltò di scatto. Conosceva bene le voci di quei pochi che negli ultimi mesi avevano deciso di rivolgergli la parola. Sconosceva del tutto, invece, la voce che alle sue spalle, sommessamente, aveva richiesto la sua attenzione.

A chiamarlo era un chierico biondo, con una veste bianca stretta in vita con un cordone rosso. Sfoggiava un sorriso conciliante e una pelle diafana e glabra che a tratti gli dava un aspetto femmineo.

«Sia lodato Gesù Cristo», esordì Bernardo cercando di capire chi fosse e cosa volesse.

«Ora e sempre», rispose quello, chinando il capo. Poi riprese: «Mi manda l'arciprete di San Giorgio, padre Ruggero Arezzo».

Bernardo tese le orecchie preoccupato e deglutì.

«Ditemi...»

«Oggi, a mezzogiorno, l'arciprete, insieme ai canonici del capitolo e a tutti i sacerdoti delle chiese di Ibla, intende concelebrare una preghiera di ringraziamento a Nostro Signore, Dio misericordioso, per lo scampato pericolo dal funesto e terribile terremoto che ha colpito la nostra comunità.»

Il chierico parlava come se avesse imparato a memoria una formula da srotolare, come una pergamena, a ogni sacerdote.

Bernardo rimase in silenzio, interdetto e un po' confuso.

«E l'arciprete vi ha detto di venire a invitare me?»

Il chierico annuì con convinzione.

«Siete certo?» insisté Bernardo incredulo. «L'arciprete vi ha espressamente incaricato di visitare padre Bernardo L'Arestia Corbara nella chiesa dell'Itria?»

Il giovane, quasi intimidito, tirò fuori dalla manica un foglio ripiegato e lo porse al padre parroco.

«Sta scritto qui», disse indicando il foglio.

Bernardo lo aprì e lesse un lunghissimo elenco di nomi, con annesse le chiese d'appartenenza.

In calce, quasi aggiunto per un ripensamento e con una calligrafia esitante, trovò scritto: «Sacerdote Bernardo L'Arestia Corbara, padre parroco della chiesa della Madonna dell'Itria nel quartiere degli Archi.»

Ripiegò il foglio seguendo le stesse pieghe e lo restituì al chierico.

«Sono io, non c'è dubbio.»

Il ragazzo rinfilò l'elenco dentro le larghe maniche e rimase immobile.

«C'è dell'altro?» domandò Bernardo.

«L'arciprete raccomanda puntualità e ammenda dei propri peccati.»

«Dite all'arciprete», rispose Bernardo piccato, «che sarò puntualissimo e che farò ammenda, come si conviene a un sacerdote che celebra l'eucarestia.»

Il chierico fece un passo indietro e chinò il capo per una benedizione.

Bernardo gliela impose, sebbene l'evocazione del suo peccato gli aveva suscitato un ineludibile desiderio di peccare ancora.

Lasciò che il ragazzo biondo uscisse dal suo campo visivo e si precipitò dentro casa.

«Tresina, Eligio dorme?»

Lei lo guardò dolce e lo accolse tra le braccia.

Alle undici in punto il reverendo L'Arestia, debordante di vita e di amore, ridiscese in sacrestia e iniziò la vestizione per la quale trovò necessaria la presenza di Tresina.

La luce iridescente del giorno illuminava la stanza di un giallo oro, simile agli sterminati campi di grano che d'estate circondavano l'abitato.

Bernardo aprì le grandi ante dell'armadio e prese ciò che gli era necessario poi, con una solennità che non ricordava di avere mai utilizzato, si lavò le mani in un catino, segno di passaggio dal mondo del peccato al puro servizio dell'Altissimo e recitò una preghiera: *«Da, Domine, virtutem manibus meis ad abstergendam omnem maculam; ut sine pollution mentis et corporis valeam tibi servire...»**

Tresina lo ascoltava affascinata, sebbene non capisse nulla; poi gli porse l'amitto e glielo legò in vita.

Bernardo mormorò altre parole.

*«Impone, Domine, capiti meo galeam salutis, ad exspugnandos diabolicos incursus...»***

Tresina non sapendo come comportarsi a quelle pre-

---

* Da', o Signore, alle mie mani la virtù che ne cancelli ogni macchia: perché io ti possa servire senza macchia dell'anima e del corpo.

** Imponi, Signore, sul mio capo l'elmo della salvezza, per sconfiggere gli assalti diabolici.

ghiere sconosciute chinò il capo limitandosi a rispondere «Amen».

Bernardo avrebbe voluto sorridere, ma non voleva mancarle di rispetto, pertanto restò serio e proseguì con la vestizione.

Fu il turno del camice e poi della stola e della casula, ognuna seguita da una relativa preghiera. Infine Bernardo prese il piviale rosso, ornato di minuscoli e delicati ricami.

«Picchì chistu russu?» domandò lei incuriosita interrompendo la sacralità della vestizione.

«Il rosso si può usare per le messe votive, anche se nel periodo del Natale si usa il bianco.»

«Ah...» rispose Tresina senza comprendere a pieno mentre lo aiutava a indossare l'imponente mantello.

E lui lo indossò, più con la disinvoltura di un aristocratico che con la solennità di un prelato, lasciando a Tresina la visione di superba bellezza.

Ormai pronto, Bernardo le si avvicinò per salutarla ma lei si ritrasse, si inginocchiò e chiese: «Biniricimi, Bernardo».

Lui le segnò la fronte con la croce e le carezzò, candidamente, i capelli. Poi si avvicinò alla cesta che custodiva, come una culla, Eligio dormiente e baciò le sue guance paffute.

«Torno presto», disse sull'uscio, mentre un vento, nuovo e caldo, aveva ripreso a soffiare da sud.

Giunto sul sagrato della grande chiesa di San Giorgio, il reverendo L'Arestia Corbara ebbe l'impulso di tornare indietro. Quell'invito inatteso gli suonava ora quasi come una trappola, per costringerlo pubblicamente ad abiurare i suoi peccati.

Tentennò sui gradini davanti alla navata centrale e mentre stava in bilico, tra l'istinto e la ragione, si sentì chiamare da padre Costante.

«Padre Bernardo, è una gioia vedervi qui.»

«Una gioia che non vi impedisce di nutrire gli stessi dubbi che nutro io...» sussurrò il padre parroco guardandosi intorno.

«Potrebbe essere anche un'apertura, o semplicemente un perdono.»

Bernardo giocherellò con le labbra, spostandole da destra a sinistra, prima di limitarsi a pronunciare un laconico «Mah...»

Entrarono insieme, l'uno accanto all'altro, senza pensarci troppo, senza dilungarsi oltre.

Padre Costante lo aveva instradato poggiandogli una mano sul braccio e quello s'era lasciato condurre, come se la mano tesa del suo unico amico fosse capace di sciogliere le riserve.

All'interno, l'intera chiesa, con le tre navate imponenti, era gremita.

Vi era gente sulle panche ma anche in piedi appoggiata alle colonne maestose o inginocchiata sugli altari lignei nelle navate laterali.

Bernardo, conscio della sua figura e ancor di più della sua fama, percorse la lunga navata centrale con passo lento ma sicuro, cercando di escludere il pensiero che tutti potessero guardarlo.

Destava simpatia e scandalo, curiosità e vergogna, perché pur se vittima del peccato era pur sempre un uomo di Dio.

Raggiunse l'abside, si inginocchiò dinanzi all'ostensorio e si diresse nella grande sacrestia ove stavano riuniti tutti i preti di Ibla con l'arciprete di San Giorgio e gli altri canonici del capitolo.

«Il signore sia con voi, Bernardo», disse l'arciprete con la voce tremula degli anni.

«Vi ringrazio padre Ruggero», rispose lui tenendo la testa china.

«Lieto che abbiate deciso di ringraziare il Signore nostro Iddio dallo scampato pericolo con noi tutti; come sapete il terremoto è figlio del peccato e ricade sulla comunità come una pena mortale, come una punizione divina.»

Bernardo rimase con la testa bassa ed evitò di annuire a ciò che non credeva.

«È d'obbligo che tutti, nessuno escluso, facciano ammenda dei propri peccati e si pentano, senza riserve, di tutte le opere o omissioni che hanno portato a questo disastro scampato», e nel dirlo, l'arciprete alzò la voce trasformandosi da vecchio tremante a energico uomo di polso. «Ora prendete posto Bernardo, dietro padre Gregorio e padre Desiderio, e dedicate lo spazio di questa celebrazione alla preghiera e alla riparazione degli errori del passato.»

L'arciprete gli sfiorò la testa ancora piegata e Bernardo si rialzò, posizionandosi laddove gli era stato comandato.

A mezzogiorno un chierichetto, pettinato e biondo, segnò l'inizio della messa con il suono di una campana posta davanti alla sacrestia.

In una solenne processione, anticipati da decine di

chierichetti, chierici e diaconi, fecero il loro ingresso l'arciprete e i trentasei canonici del capitolo.

Avevano tutti lo sguardo basso, mesto e afflitto, meno uno.

In penultima fila, con il suo piviale rosso e le sue spalle imponenti, troneggiava Bernardo, con il mento in su e il solito sorriso aperto sul viso.

Giunto sul presbiterio si sedette sullo scranno a lui assegnato e incrociò le mani sul ventre piatto.

E mentre le parole di padre Ruggero scorrevano lente, con la cadenza ripetuta di tutte le liturgie, Bernardo cadde nella spirale del ricordo e ripensò al sorriso di Tresina, alla tenera ingenuità di alcuni suoi gesti e all'audacia di altri.

La vide nuda, dinanzi a sé, come una statua di marmo e ripensò ai suoi seni come a frutti d'albero che cadevano sul suo viso pronti per essere mangiati. La rivide con gli occhi chiusi, dormiente e poi sveglia, divertita e sfrontata. Si portò le mani aperte sul naso come se potesse sentirne l'odore e mentre annusava se stesso per ritrovare lei, un boato squarciò il silenzio.

Fu un attimo, un battito di ciglia, poi la terra cominciò a tremare.

Bernardo si ancorò ai braccioli dello scranno come se di colpo la chiesa si fosse trasformata in una nave alla deriva durante una tempesta. Ogni cosa prese a vibrare con una potenza funesta e terribile emettendo un suono nebuloso e greve.

Padre Gregorio, seduto al suo fianco, sgranò gli occhi e prese a pregare.

*«Miserere Mei, Deus, secundum magnam misericordiam tuam.»**

La gente, assalita dalla paura, cominciò a correre senza una direzione. Nel giro di pochi secondi si sentirono grida e colpi violenti; la polvere, d'improvviso, si sollevò come se la terra si fosse aperta lasciando risalire fumo e detriti. Poi, come un sogno di morte, pezzo dopo pezzo, pietra dopo pietra, l'imponente chiesa del santo patrono cominciò a sgretolarsi.

*«...et secundum multitudinem miserationum tuarum, dele iniquitatem meam.»***

Il soffitto della navata centrale si accartocciò su se stesso mentre le grandi colonne, maestose tanto da sembrare eterne, si piegarono in due, come le gambe stanche di una vecchia sull'inginocchiatoio.

Alcuni canonici avevano scavalcato gli scranni strattonandosi a vicenda mentre altri s'erano dati alle lacrime e alle preghiere, strappandosi i capelli e le vesti.

Bernardo salì sullo scranno strappandosi il piviale e con un salto arrivò a pochi centimetri dall'altare maggiore. Si accorse che l'arciprete era caduto e con lui altri, forse travolti da un crollo o forse svenuti dalla paura. La terra continuava a tremare come una campana sotto i colpi del battente e il suo pensiero si spostò altrove.

Cercò di correre tra la gente, di scavalcare teste, farsi spazio tra macerie, urla, disperazione e pietre. Tutto ribolliva di dolore e perdizione.

---

* Pietà di me, o Dio, secondo la tua grande misericordia.

** E nella tua grande bontà, cancella il mio peccato.

*«Amplius lava me ab iniquitate mea: et a peccato meo munda me.»**

Poi cadde il silenzio, plumbeo, schiacciante, insostenibile.

Bernardo aveva appena attraversato ciò che restava del grande portone di legno; un battente solo sospeso tra mura cadute.

Si voltò indietro; avrebbe dovuto aiutare chi sotto quelle macerie gridava un residuo d'alito di vita.

Si volse invece, verso il quartiere degli Archi, verso la chiesa dell'Itria, verso la sua canonica e trovò un cimitero di case e corpi: nel breve spazio di un miserere, Ibla aveva cessato di esistere.

---

* Lavami da tutte le mie colpe: e mondami dal mio peccato.

Capitolo 16

Ibla, 11 gennaio 1693

Una nuvola densa e sabbiosa si alzò dinanzi agli occhi increduli di Bernardo. Le grida, che sapevano di sangue e di strazio, si impastarono all'aria, sempre più irrespirabile. La vista, che per un attimo aveva percorso una città sfigurata, gli si fece tremula, offuscata e l'immagine nitida dell'annientamento apparve confusa.

«Signore Dio mio, svegliami adesso, svegliami adesso», sussurrava Bernardo tra il rumore sordo di crolli e il pianto disperato di bambini.

Una donna lo strattonò correndo verso qualcosa, mentre un vecchio gli si gettò ai piedi.

«Assolvetemi, padre, per misericordia. Arrivò a fini ro munnu, biniricitimi ora.»

Bernardo lo guardò attonito, con gli occhi vitrei perduti chissà dove e le gambe paralizzate dalla paura.

«Tresina, Eligio...» ripeteva muovendosi a tentoni, come se camminasse al buio.

Poi un fragoroso rumore di vetri lo destò, come se fino ad allora la polvere della devastazione lo avesse stordito. Prese a correre, si tuffò dentro la nube e per un tratto ebbe la sensazione di muoversi bendato, inciampando e cadendo più volte, travolgendo persone, bambini e animali. Si ferì una mano e poi un ginocchio, sanguinò copiosamente ma non ebbe mai la percezione del dolore fisico.

D'un tratto, però, la polvere densa si diradò e Bernardo si ritrovò in un luogo che non aveva mai visto, in una piazza diruta, distrutta, ignota, in una città straniera in cui non sapeva orientarsi.

Non trovava immagini nella propria memoria che potessero riportarlo a qualcosa di familiare. Cercò di fermare qualcuno. «La chiesa dell'Itria, sapete dov'è?» ma nessuno prestava attenzione all'altro. Ognuno combatteva una guerra indipendente, contro le proprie macerie, contro il proprio dolore.

«La chiesa dell'Itria», gridava a squarciagola, «la piazza degli Archi, aiutatemi, aiutatemi.»

Un cavallo imbizzarrito gli corse incontro e Bernardo fece appena in tempo a scansarsi per non essere travolto. Ricadde su pietre accatastate e mentre cercava un appiglio per potersi rialzare toccò qualcosa di freddo. Ritrasse la mano e sgranò gli occhi. Dalla catasta scomposta di rovine fuoriusciva una mano violacea, senza vita.

Fece un balzo indietro ricadendo sul selciato. Si alzò, e tracciò una benedizione con la mano destra lì dove intuiva fosse nascosto il corpo di un cristiano.

Poi s'arrampicò sui resti di una casa crollata e cercò di scorgere dall'alto ciò che rimaneva della città.

San Giorgio, che avrebbe dovuto dominare l'intera visuale, non esisteva più.

A destra e sinistra di quella che avrebbe dovuto essere la grande piazza non rimaneva nulla se non qualche muro sospeso, come in bilico tra il lasciarsi andare e la volontà strenua di restare in piedi.

Bernardo intuì d'essere nella direzione giusta, nonostante la sensazione di stare dentro un labirinto di macerie ottundeva l'orientamento.

Si voltò, all'improvviso, come per un richiamo. Tra i fuochi divampati dopo la scossa e le macerie di case ormai inesistenti la vide.

La chiesa della Madonna dell'Itria, Colei che indica il cammino, si stagliava come una madre sconsolata tra i suoi figli caduti. Immota e intatta, pareva piangere la disperazione circostante.

Sembrava che il male non avesse potuto sfiorarla, tanto era bella, tanto era sola.

Sul campanile, slanciato verso un cielo offuscato dal nero della morte, dondolava ancora la campana che, insieme a poche altre, si univa al suono plumbeo che tormentava le orecchie.

Bernardo si portò entrambe le mani alla bocca e non riuscì a fermare le lacrime di inattesa speranza che cominciarono a sgorgare copiose.

Si lanciò verso la chiesa attraversando quella che avrebbe dovuto essere la piazza degli Archi. Svoltò l'angolo e risalì a fatica le scale che erano state invase dai crolli e più saliva più il cuore sembrava scoppiargli in petto dalla paura.

«Fa' che siano salvi, Dio mio, fa' che siano salvi e io rinuncerò a lei. Abbraccerò la vita monastica, non oserò sfiorarle la pelle né baciarle le labbra ma salvala; lascia che sia madre, lascia che Eligio cresca, fa' che possa godere di questa vita appena conosciuta, della luce appena intuita. Dio mio salvali, sarò ciò che non sono stato, rispetterò la fede, il silenzio, la preghiera ma salvali.»

E mentre ripeteva come una litania le parole confuse di giuramenti strazianti si sentì chiamare.

Si girò speranzoso e vide la Mecia, col viso tumefatto e le labbra impastate di sangue.

«Tresina dov'è? L'avete vista?»

La donna aveva uno sguardo spento, come se l'anima che era in lei avesse smesso di vivere in quel corpo che attendeva solamente di accasciarsi per terra e darsi tregua.

E così avvenne; alzò a fatica la mano indicando in direzione della canonica, aprì la bocca, come se volesse parlare, ma cadde, prima sulle ginocchia, poi sul fianco destro.

Bernardo non si fermò neanche, si voltò verso quell'estremo indizio e risalì, stavolta con la lentezza di chi preferisce cullarsi nella speranza che abbandonarsi alla disperazione.

Si lasciò sulla destra il grande portone appena socchiuso dell'Itria e svoltò l'angolo.

La piccola canonica, addossata al muro esposto a est della chiesetta, non esisteva più. Al posto di quella modesta dimora, dove Bernardo si era sentito per la prima volta a casa, giacevano, come ossa insepolte, macerie su macerie.

Rimaneva, come cimelio d'orrore, il muro laterale sul

quale ciondolava la finestra da cui il padre parroco innumerevoli volte s'era affacciato.

Bernardo sentì una spada che lo trafiggeva da parte a parte. Gridò, sovrastando ogni altro rumore e tutti i silenzi. Bestemmiò il nome di Dio, si accanì su Cristo e nella foga di maledire si scagliò anche sulla Madonna. Poi si avventò come un cane selvatico sulle macerie e cominciò a scavare, strappandosi le unghie, ferendosi ancora le mani, impastando lacrime a fango, sangue a polvere.

Rimase lì, da solo, per ore.

Gridava e scavava tra le pietre, bestemmiava e scavava tra le pietre, piangeva e scavava tra le pietre.

Ogni pietra spostata gli aggiungeva cento anni; il giovane viso era sfigurato dal dolore, tagliato dalla fatica, non apparteneva più a un uomo capace di amare ma svelava il turbamento di chi, in pochi attimi, aveva perduto tutto.

E mentre il sole stava calando su quella distruzione, sotto un grande masso spostato con le ultime forze, Bernardo la vide.

Tresina apparve come un miracolo. Era bellissima, come se la morte l'avesse colta nel sonno, senza paura, senza dolore. Rimaneva di lei il volto morbido, disteso, il collo bianco leggermente reclinato e il seno prosperoso che risaliva verso le clavicole apparendo più grande di quanto fosse.

Dalle sue labbra violacee fuoriusciva un rivolo di sangue ancora rosso.

Bernardo fu invaso dalla disperazione.

«Amore mio, che ti è successo...» ripeteva piegandosi su quel corpo e baciandole le labbra fredde.

Poi strappò un pezzo di stoffa dalla tonaca, le asciugò il sangue e provò a estrarla.

Una trave di legno le aveva tranciato le gambe, martoriandola.

La sollevò, come una bambina, cercando di non violare quel corpo più di quanto avesse fatto la furia della terra, e la adagiò sulla strada coprendola con la tonaca che s'era tolto di dosso.

Le baciò ancora i capelli e cercò di sistemarli sulla fronte affinché nascondessero un unico graffio, segno violento di una cieca crudeltà.

Si alzò, assente, come se lo muovesse una forza estranea e riprese a scavare.

Il corpicino di Eligio giaceva a poche pietre di distanza da sua madre; il bambino era riverso bocconi, seminudo, segno che forse, nel momento in cui Dio aveva deciso di strapparglieli, Tresina lo stava lavando. Non fu difficile tirarlo fuori dall'ammasso di macerie e polvere.

Ma quando Bernardo lo ebbe tra le mani, un grido violento, disperato squarciò il rosso del tramonto e rimbombò nell'aria.

Si levò il camice, rimanendo a torso nudo e attorcigliò il bianco candido intorno al corpo di suo figlio.

Poi si sedette laddove aveva deposto Tresina e senza più lacrime da versare ma con lo sguardo vitreo, fisso oltre qualsiasi confine, stringendo madre e bambino, prese a cantare.

«E a la vo
Voli li canti
Comu lu figghiu di li mircanti
Voli li canti e li canzuni
Comu li figghi di li baruni
Dormi me figghiu ca la naca è nova
D'oru li cordi e d'argentu li chiova
Lu chirchiteddu di curallu finu
Dormi me figghiu finu a matinu.»

Capitolo 17

Ibla, 12 gennaio 1693

La notte rotolò via come una lucida follia, le ore scandite da una ninna nanna di pianti, voci e grida scendevano, con la mollezza di un velo, su migliaia di corpi aggrovigliati. Ognuno era impegnato a cercare i propri cari, i propri resti, il proprio passato.

Nessuno, nella corsa concitata di chi implorava e di chi soccorreva, prestò attenzione a un uomo – piegato su se stesso – che urlava il suo dolore dondolandosi e lamentandosi come una prefica. Albeggiava quando Bernardo sentì una voce ripetere il suo nome.

«Padre Bernardo, padre Bernardo...»

Volse intorno lo sguardo con gli occhi tumefatti dalle lacrime e arrossati, cercando chi lo stesse chiamando.

«Sono fra Lorenzo, vi ricordate?»

Il padre parroco riabbassò lo sguardo sullo scempio che stringeva tra le braccia e non parlò.

I corpi di Eligio e Tresina s'erano trasformati in marmo, freddi e rigidi, inespressivi. Cercò di coprirli meglio con quei pochi stracci, come per proteggerli dal freddo o dagli sguardi altrui. Ricominciò a piangere.

«Venite al convento con me; l'ala del refettorio non è crollata e molta gente si sta accampando da noi. C'è una minestra calda e un pagliericcio dove dormire.»

Bernardo non reagiva, come se la voce del frate, lontana, nemmeno lo raggiungesse e le sue parole confuse fossero incomprensibili. Continuò ad accarezzare il viso smunto di Tresina, l'incarnato d'alabastro sul quale traspariva, come la tela di un ragno, un reticolo ormai immobile di vene. Poi percorse con l'indice il profilo di Eligio, il nasino all'insù, le gote rotonde, l'attaccatura morbida dei capelli.

«Dove saranno?» chiese distaccato, con un timbro che lui stesso stentò a riconoscere.

Il frate, che si era tenuto distante per pudore e rispetto, fece un piccolo passo in avanti e sospirò.

«Sono già alla casa del padre; i loro corpi giacciono immobili su questa terra ma la loro anima vive e vivrà in eterno.»

«Sciocchezze!» tuonò Bernardo alzando gli occhi al cielo. «Dov'era Dio quando tremava la terra? Dov'era quando le case crollavano le une addosso alle altre? Dove, quando il silenzio è stato violentato dalle grida, quando i suoi figli, che dice di amare, sono morti, così, schiacciati come formiche nei loro rifugi… dov'era il vostro Dio?»

Fra Lorenzo si slacciò il mantello che stringeva sotto il collo e lo poggiò sulle spalle nude di Bernardo.

«Siete sconvolto, padre. Dovete prendervi cura di voi e pensare a quanti hanno bisogno del nostro aiuto… Qui passeranno i monatti, ahimè stanno già raccogliendo centinaia di vittime. Il governatore teme una epidemia e ha ordinato che nessun corpo dovrà rimanere insepolto.»

«Non lascerò che i loro corpi vengano gettati in una fossa comune.»

Bernardo aveva ripreso colore in volto e i suoi occhi s'erano illuminati di rabbia e risolutezza.

«Lasciate che seppellisca le persone che più ho amato, laggiù, oltre il fiume, e poi vi seguirò.»

Il frate, acerbo nell'età con i tratti candidi dell'innocenza, non sapeva decidersi tra il compito che gli era stato affidato di portare i sopravvissuti al sicuro e l'istinto compassionevole di disobbedire per aiutare un uomo a compiere quell'ultimo gesto di pietà. Si torturò le mani infreddolite e osservò lo strazio del parroco. Tanto si era parlato di Bernardo L'Arestia in convento e tante volte in passato, nel cuore della notte, l'aveva sentito battere al portone in cerca di un riparo. Ma ormai da tempo, il padre parroco della chiesa dell'Itria, fosse pure nell'errore, aveva trovato un equilibrio che ne aveva fatto un uomo migliore. La donna che ora gli giaceva rigida in grembo e quel bambino, tenuto tra le braccia come un Gesù di cera, rappresentavano l'inizio e la fine della sua vita; la disperazione di cullarli segnava il metro tra un prima e un dopo, tra gustare una inusitata felicità e vederla crollare.

«Andiamo insieme», sospirò il giovane frate, «ma siate cauto; quello che stiamo per fare potrebbe creare disordini.»

Bernardo ebbe un moto di gratitudine, accennò un impercettibile sorriso di cui non ebbe il coraggio di rendersi conto. Coprì Eligio, gli baciò la fronte fredda e gli accarezzò ancora una volta i capelli, poi alzò il lino sul suo visetto e come un'ostia consacrata consegnò il piccolo fagotto al frate.

«Fate attenzione.»

Fra Lorenzo lo strinse con delicatezza, mentre un nodo alla gola cominciava a serrargli il respiro.

Bernardo si piegò su Tresina; le sistemò i capelli dietro le orecchie, ne sfiorò le labbra violacee.

Restò immobile a guardarla per un tempo infinito prima di prenderla in braccio per l'ultima volta.

Attraversarono la città come angeli della morte; il loro passo era incerto, il loro sguardo perduto. Alcuni gli si aggrapparono alle gambe in cerca d'aiuto, arsi di sete e avviliti dalla stanchezza.

Il frate avrebbe voluto prestare soccorso ma marciava dritto seguendo il padre parroco. Bernardo no: per lui le grida, le macerie, i fuochi, la gente impazzita che correva senza meta, il sangue, le lacrime, le imprecazioni e le preghiere non erano nulla. Davanti ai suoi occhi, scorreva solo il ricordo della sua felicità, delle notti tiepide e dei sorrisi audaci. Riviveva la bellezza viva di Tresina, la sua pelle e il battito del cuore che tamburellava sotto il seno.

Dentro di sé, follemente, sorrideva e allo stesso tempo piangeva.

Trovarono alla fine un piccolo spazio sotto due frondosi alberi e il padre parroco decise di fermarsi facendo cenno con un sorriso. Quasi se ne vergognò, ma poi comprese che il ricordo di Tresina e del loro bambino gli avrebbe sempre portato non solo dolore ma anche gioia.

Scavò con le mani, già lacere e ferite, una fossa; vi adagiò Tresina e sul suo petto, come in una eterna culla, sistemò Eligio.

«Fatemi la carità», chiese poi a fra Lorenzo, «ricoprite voi con la terra i loro corpi; io non riesco a sopportarlo.»

Si allontanò, rintanandosi tra gli alberi, in un punto dal quale gli sarebbe stato impossibile guardare la scena e attese che quel giovane, di fatto per lui uno sconosciuto, affidasse per sempre alla sepoltura l'unica parte viva di sé.

Il sole che osava brillare sulla devastazione cominciò a riscaldare il corpo intirizzito dal freddo di Bernardo. Si sciacquò le mani dalla sponda del fiume e le ferite bruciarono come se le avesse toccate una fiamma.

«Nun viviti», gridò una voce oltre il greto.

Il padre parroco scrutò tra le fronde e vide un uomo, coperto di stracci e fango.

«Quannu a terra si movi sputa veleno. L'acqua ora è malиritta e a picca a picca n'ammazzerà tutti.»

Gli occhi del vecchio erano spalancati sul vuoto, venati di rosso e privi di espressione.

Bernardo si ritrasse impaurito e scappò via.

Si portò sul ciglio della strada e attese che fra Lorenzo avesse terminato.

Quando lo vide arrivare sembrava provato, non per la stanchezza bensì per lo struggimento.

«Ho fatto una croce, con due ramoscelli. Volete benedirli?»

Bernardo abbassò la testa, a fissare la terra asciutta, compatta. Diede un calcio a una pietra e notò che le scarpe s'erano rotte. Risalì con lo sguardo i calzoni impolverati fino al torso nudo, coperto da un mantello improvvisato.

Si coprì meglio, quasi abbracciandosi.

«No», rispose laconico. «La vostra benedizione avrà più valore della mia.»

Così dicendo cominciò a risalire verso Ibla e più risaliva più lo strazio, la distruzione e l'immane tragedia gli apparivano chiari.

Ciò che restava della piccola città erano le sue sole ceneri. L'eroica e testarda bellezza che poco prima si ergeva arroccata tra i vicoli e le superbe piazze, ora franava su se stessa, curva come le spalle di un vecchio. Le urla, i pianti, quel vociare confuso e concitato adesso gli ferivano l'udito perché il dolore altrui è inconcepibile quando si è concentrati sul proprio.

Attraversò quella che avrebbe dovuto essere una piazza e non si preoccupò di ricordarsene. Un carretto carico di corpi, scomposti e ammassati, gli passò accanto fermandosi a pochi metri da lui per raccattarne altri. La morte, temuta da tutti, risparmiata a nessuno, adesso appariva quasi come una liberazione. Quanto ancora i suoi occhi avrebbero potuto reggere tutto quello strazio?

Uno dei canonici del capitolo, custode della chiesa di San Filippo, lo strattonò correndo con una croce in mano.

«Pentitevi, pentitevi tutti, è arrivata la fine del mondo. L'ira di Dio si è abbattuta sui vostri peccati, sulle vostre bassezze e adesso, come una spada infuocata, vi trafiggerà il cuore e vi condannerà a bruciare per l'eternità.»

Bernardo lo fissò finché scomparve dietro un cumulo di macerie.

«L'ira di Dio», ripeté fra sé e sé annuendo. «È stata l'ira di Dio.»

Fra Lorenzo gli sfiorò la spalla, come a destarlo.

«Dio non si vendica, padre Bernardo; voi lo sapete.»

Il padre parroco buttò la testa indietro e chiuse gli occhi. Un vento sottile gli passò tra i capelli facendolo rabbrividire; per un attimo ebbe la sensazione che la mano di Tresina lo stesse accarezzando.

Serrò la mascella sulla quale la barba incolta si era infoltita.

«Invece Dio si è vendicato, fra Lorenzo; si è vendicato su di me.»

Capitolo 18

Ibla, 12 gennaio 1693

L'alba seguente a un disastro costringe a fare i conti col dolore.

La luce del giorno successivo al terremoto mise in mostra la devastazione e l'acre odore della morte si insinuò, violento, nelle narici dei sopravvissuti.

Capannelli presieduti da gendarmi cominciarono la triste ed estenuante conta dei morti. Ma si organizzarono spontaneamente alacri squadre di uomini e donne che scavarono per ore e lo avrebbero poi fatto per giorni.

Le notizie che trapelarono ben presto restituirono il quadro sconfortante di un disastro di enorme portata. Tutto il Val di Noto, con il suo silenzioso potere e la sua innata indolenza, era stato colpito dal terribilissimo terremoto e nessuna città di quel maledetto vallo era stata risparmiata dalla furia indifferente e potente della natura.

I quartieri periferici della piccola Ibla erano stati quasi del tutto distrutti, come se una rabbia cieca li avesse cancellati, radendoli al suolo.

Le case, crollando, avevano invaso vicoli, vie e piazze rendendo impossibile il passaggio mentre quelle rimaste in piedi furono prese d'assalto come ricovero da chi era rimasto senza un tetto.

La confusione, nell'accumularsi di poche ore, dilagava e si accresceva, senza che il governatore, i giudici, il commissario regio o i razionali sapessero arginarla.

Ogni cosa aveva perso identità e misura, dimensione e sostegno; bisognava trovare una ragione al non senso, un perché al mistero.

«Lorenzo, vi prego, se conoscete la strada fatemi passare dalla grande piazza.»

La richiesta di Bernardo arrivò d'improvviso, con la risolutezza di una decisione e la tenerezza di una preghiera.

Il frate strinse tra le mani il cordone del saio e lo guardò stupito.

«Dovreste riposare un poco prima; magari domani ci andrete con più serenità.»

«Ho già perso tutto; qualsiasi altra cosa sarebbe solo un granello di sabbia da aggiungere al mio deserto.»

Il cappuccino abbassò gli occhi e si guardò i sandali sudici.

«Va bene, reverendo, vi accompagno.»

Attraversarono i quartieri distrutti del Cartellone, della Pirera e di San Rocco; giunsero alle porte del quartiere degli Archi ma fra Lorenzo capì che era necessario accelerare il passo e Bernardo accettò la cortesia con gratitudine.

E più s'addentravano più i cumuli di macerie si ingrandivano e i morti adagiati sul ciglio della strada crescevano di numero.

Nella distesa di case crollate se ne distinguevano altre

che, quasi per ironia del destino, erano rimaste in piedi. Ad alcune era solo crollato il tetto, ad altre un solo muro. A guardarci dentro Bernardo pareva di sbirciare senza permesso i poveri resti di vite interrotte.

Un tavolo, una sedia rovesciata, bicchieri rotti, animali ancora legati alla mangiatoia strangolati dal loro stesso cappio.

E ancora letti, scarpe, coperte e lenzuola, una briula spaccata a metà, cocci di un lemmo, un cantro ancora pieno di feci, un foglio di carta con su scritto qualcosa.

«Ladro! Malirittu disgraziatu, s'arrubbau a robba mia… curnuto e vastasu.»

Un ragazzino lo spintonò correndo mentre un uomo lo inseguiva imprecando.

«Lo sciacallaggio è cominciato fin da stanotte», disse sommessamente fra Lorenzo senza smettere di camminare.

«Acqua, acqua pi carità, stamu murennu di siti io e i me figghi.»

Una donna si inginocchiò ai piedi di Bernardo mentre un bambino di quattro, forse cinque anni abbracciò le gambe del frate.

Bernardo la guardò; gli occhi verdi della donna lo riportarono indietro e per un attimo ebbe la sensazione di perdersi nella profondità di quelli di Tresina.

Si inginocchiò anch'egli e le carezzò il volto lasciando interdetto fra Lorenzo e la donna stessa.

«Voi conoscevate Tresina? La perpetua? La criata dell'argentiere?»

La donna scosse la testa, quasi intimorita, e tese il braccio al figlio portandoselo vicino.

«Siete sicura?» la incalzò Bernardo.

Ma lei si ritrasse, ricadendo nella sua stessa gonna e scappò via.

Bernardo restò per terra, carponi come un bambino.

Ogni maceria, ogni angolo di cielo e ogni memoria lo riportava a Tresina, al suo corpo che aveva dato la vita e alla morte che aveva reso tutto vano. Alternava calma a disperazione, senza mai concepire alcuna forma di rassegnazione.

Fra Lorenzo gli allungò la mano in aiuto, ma Bernardo la rifiutò: poggiò le nocche sul selciato e si rialzò a fatica.

Riprese a camminare mentre l'avvicendarsi di immagini, prive d'una sequenza logica, si affastellava nella sua mente quasi stordendolo.

Tresina gli veniva incontro audace. Tresina gli carezzava le labbra. Tresina rideva con quella risata aperta e lieta. Tresina dormiva sul fianco, col ventre teso e il battito sovrapposto. E poi Eligio con i pugni chiusi o urlante prima di attaccarsi al seno pieno di latte della madre. Tresina fredda, Eligio immobile, Tresina marmorea, Tresina sospesa, Tresina senza vita.

«Padre Bernardo? Reverendo?»

«Cosa?»

«Volete che vada avanti io…?» domandò timidamente il frate.

«No», rispose Bernardo aggiungendo un distaccato «Grazie».

Dinanzi ai due uomini s'apriva sfregiata la larga via che li avrebbe condotti in piazza.

Bernardo cadenzò i passi, regolandoli ai battiti del suo cuore. Svoltò l'angolo e un'altra ferita gli lacerò il respiro.

La sinuosa linea che disegnava la piazza con le sue case tetre e imponenti non c'era più. Alcuni balconi ciondolavano su muri traballanti, altri morivano scomposti sulla strada.

La scena che gli si palesò somigliava a una di quelle raffigurazioni dell'Inferno che sua madre lo costringeva a guardare: gente ammassata su rovine e detriti gridava e si strappava i capelli; altri lavoravano alacremente sopra a cumuli come montagne, nella speranza di salvare qualcuno. Ogni tanto si sentiva un grido di giubilo, l'esultanza d'un momento che sempre si spegneva nel rinvenimento di un corpo senza vita.

Bernardo ridiscese la grande piazza schivando cadaveri, feriti e disperati e si diresse verso ciò che restava della sua casa.

Mentre camminava sentì chiamare il suo nome, ma non rispose puntando dritto alla sua meta. Per la prima volta era abitato da compassione e timore per quel luogo e la sua famiglia.

L'ala a est era completamente collassata sui dammusi della farina e sulle stalle dei cavalli. Un gruppo di camerieri, alcuni con indosso una imperterrita livrea, cercava di salvare i sacchi di grano dalle ruberie che già iniziavano; altri, i disertori, lasciavano passare chiunque riempiendosi per primi sacche e cesti.

L'ala ovest, invece, sembrava in buone condizioni salvo girarci intorno e rendersi conto che in piedi era rimasto solo il prospetto.

I grandi alberi del giardino e i roseti adesso erano esposti alla vista di chiunque, svelando un luogo precluso da secoli a tutti.

Bernardo si fece strada tra la folla, lasciando indietro fra Lorenzo; strattonò e spinse, e venne strattonato e spinto finché arrivò a ridosso del disastro.

Un lacchè lo riconobbe e gli andò incontro piangendo.

«Sugnu Giurgiuzzo. Voscenza si ricorda?»

Bernardo lo esaminò socchiudendo gli occhi; era vestito con la livrea di casa, strappata in più punti e impolverata. Aveva le scarpe col tacchetto e su quelle il padre parroco si soffermò ricordando tutto.

Era il giovane mandato un mese prima da sua madre per convocarlo a casa. Quella sera, era stata l'ultima in cui Bernardo l'aveva vista, subendo una delle sue solite crisi isteriche.

«Patri parrucu, fu una tragedia, a fini ro munnu...»

«Mio fratello?» incalzò Bernardo senza dargli retta.

«Nun si sapi», rispose il ragazzo singhiozzando. «È ancora dà sutta.»

Bernardo guardò verso un cumulo di macerie a cui faceva riferimento il ragazzo e vide decine di persone intente a scavare.

«Pari ca s'anu sintutu vuci, qualcunu ca facia "Aiuto, Aiuto".»

Bernardo sentì una stretta al cuore, un rigurgito di vita che in lui ancora batteva, la scoperta di avere altro da potere perdere.

Si lanciò verso la montagna di detriti ma prima che vi salisse sopra Giurgiuzzo lo richiamò.

«Vostra madre, a barunissa...»

Bernardo si bloccò, rimase immobile senza guardare nulla poi si voltò piano.

Il lacchè dalla livrea a brandelli scuoteva la testa costernato.

Il padre parroco invece sembrò gelarsi; non ebbe alcun fremito, nessuno slancio di dolore né l'istinto d'una lacrima. Tuttavia fu incapace di muoversi, come se quella notizia così laconica lo avesse in realtà pietrificato.

«Dove si trova?» domandò con uno strano tremore nella voce.

«Na villetta; a signura barunissa nun putia stare n'mienzu a strada.»

Bernardo si limitò ad annuire poi fece cenno al ragazzo di indicargli il cammino.

Ci mise qualche secondo a riuscire a rimettere un piede dietro l'altro. Scavalcò macerie vedendo spuntare di tanto in tanto frammenti di vita domestica: il bracciolo di un divano, il piede d'una poltrona, un crocifisso d'argento, una reliquia d'oro, il pomello d'un letto. Attraversò i salotti che erano stati interdetti alla mondanità passandoci sopra e si ritrovò in giardino.

«Mastro Cono?» chiese guardando il tetto della casetta distrutto.

Giurgiuzzo spostò la testa a destra e sinistra e si segnò la fronte con la croce.

Continuarono a camminare fino al grande legno santo.

«È d'uocu reverendo; ci misimu na cuperta, pi rispiettu...»

Il ragazzo fece un passo indietro e lui andò avanti.

Per la prima volta da che aveva memoria di sua madre, Bernardo non temette d'incontrarla. Si avvicinò e con cura spostò il lenzuolo che ne copriva il corpo.

La guardò, a lungo.

Era distesa, con la pelle liscia come se la morte le avesse restituito l'antica bellezza. I capelli, che lei portava stretti in un severo chignon, adesso le ricadevano sulle spalle e le contornavano il viso. Aveva un profondo taglio sul collo che forse, nella sua violenza, le aveva risparmiato lo strazio dell'agonia.

Bernardo raccolse una foglia da terra e la poggiò a nascondere la ferita, come per mantenere intatta quella pacifica bellezza che non le aveva mai visto in vita.

«Credo che abbiate sofferto voi più di quanto avreste voluto che soffrissi io.»

Glielo disse vicino all'orecchio, perché solo lei potesse sentirlo.

«Vi auguro il vostro Paradiso, ma temo che non l'avrete.»

Accanto a lei giaceva un altro corpo.

Bernardo chiamò Giurgiuzzo.

«Di chi è?»

«Padre Fernando, Voscenza; erunu ansieme.»

Bernardo annuì, gli sembrò giusto che il loro legame malsano avesse potuto trasformarsi nella condivisione del momento estremo; in fondo una forma d'amore.

Coprì sua madre, facendo attenzione a non lasciarle scoperto neanche un lembo di pelle.

«Aiutatemi a trovare vivo mio fratello; è l'ultimo bene che mi rimane.»

Capitolo 19

Ibla, 12 gennaio 1693

Anche le ore, come le macerie di quella che sarebbe stata l'ala ovest di Palazzo L'Arestia Corbara, si accumularono, dilatandosi quasi che il tempo avesse deciso di fermarsi sul tormento della ricerca.

I rumori, agitati e confusi, che riempivano la piazza rendevano impossibile il necessario silenzio per cogliere i segni e comprendere se, e dove, c'era speranza di trovare ancora vita.

Qualcuno tra i lacchè impegnati a togliere pietre e detriti domandò a un gruppo di donne piangenti di far silenzio ma queste si scagliarono contro aggredendoli.

«Ognunu si cianci i so morti», gridò un uomo ferito mentre si trascinava a fatica una gamba sanguinante. E in coro, quasi come una rivolta, altri, perlopiù impegnati a leccarsi le proprie ferite, spostarono la loro attenzione sui resti di quel tetro palazzo, riversandogli addosso le antiche amarezze, i soprusi e le umiliazioni che forse quella casta gli aveva inflitto.

Bernardo nemmeno sentiva le grida che gli vorticavano intorno.

La sua attenzione si concentrava su un punto, uno in particolare.

Aveva valutato ciò che era rimasto in piedi del palazzo e aveva idealmente contato i passi che separavano i muri esterni della casa dalla camera di Eligio.

Aveva fatto quell'esatto numero di passi, con l'ausilio della memoria, e s'era fermato in quel punto preciso, cominciando a spostare pietre, sollevare travi, scavare fra i detriti e la polvere della devastazione.

Accanto a lui si dava da fare Giurgiuzzo e, ormai rassegnato all'impossibilità di tornare in convento, anche fra Lorenzo, il quale aveva capito che per salvare il reverendo dal terremoto bisognava anzitutto salvarlo da se stesso.

La luce, intanto, scendeva oltre la fitta catena degli Iblei e lo scoramento cominciava a serpeggiare, distogliendo tanti dal cercare e distraendo altri, ormai sfiniti dal freddo e dalla stanchezza.

«Avete sentito?» gridò qualcuno, tra la folla che appesantiva il labile equilibrio delle rovine.

Si alzarono altre voci confuse, a domandare cosa si fosse sentito.

Bernardo alzò la testa e cercò chi aveva parlato.

Un ragazzino emaciato, basso e completamente ricoperto di polvere, indicava con l'indice qualcosa sotto i suoi piedi.

Qualcuno fece per avvicinarsi, ma Bernardo gli ordinò di fermarsi.

«Non muovetevi! Non vi spostate da dove siete. Non sappiamo su cosa stiamo camminando e quanto ancora potrà reggere.»

Poi puntò il ragazzo e gli domandò: «Cosa hai sentito?»

«Ca sutta Oscenza, sutta i me pieri. Mentri ca scavava si rapiu una specie di pirtusu e ri dà sutta haiu sintutu vuci di lamentu.»

Bernardo strinse le dita in un pugno e strizzò gli occhi.

«Almeno lui, ti prego, lasciami almeno lui...» sussurrò tra sé come se stesse pregando. Poi intimò a tutti di allontanarsi e con cautela camminò su quella montagna traballante.

Si avvicinò al ragazzo e si accorse che in effetti lì sotto s'era aperta una feritoia, un piccolissimo cunicolo, non più largo della coppa di un calice, del quale non si intravedeva la fine.

Si inginocchiò, sentendo bruciare le giunture ormai stanche, e chiamò a gran voce.

«C'è qualcuno? Eligio mi senti? Sei tu?»

Rimase con l'orecchio teso, quasi appoggiato all'ingresso di quella cavità ma non riuscì a udire nulla.

Nel frattempo Giurgiuzzo e fra Lorenzo avevano cercato di avvicinarsi e, pur mantenendosi a debita distanza, erano intenti a osservare quanto la speranza e l'illusione potessero mantenere in vita quell'uomo.

«Eligio sei tu? Mi senti?»

Bernardo continuava a parlare come se dall'altra parte qualcuno avesse potuto sentirlo. S'era quasi sdraiato per terra, con gli occhi feriti dal vento gelido che tra le macerie soffiava le sue raffiche taglienti.

Era diventato vecchio, di colpo. Della altera bellezza non era rimasta che la dentatura perfetta; per il resto, in una sola notte e in due giorni d'inferno, il ribelle e affascinante Bernardo L'Arestia Corbara, il cinico e sacrilego uomo di Dio, non era che l'ombra di se stesso.

Il suo sguardo vitreo percorreva impotente quella desolazione e le sue larghe spalle, ora dopo ora, minuto dopo minuto, si curvavano sempre più, quasi pronte a piegare quel corpo gagliardo a metà.

«Reverendo alzatevi, vi prego...»

Fra Lorenzo cercava di distoglierlo, ma Bernardo sembrava aggrappato alla sua speranza come l'unica in grado di salvargli la vita.

«Rispondimi Eligio, per carità, rispondimi...»

«Padre Bernardo, sono passate molte ore, venite via da lì...»

Il giovane frate stava per tendergli la mano quando un suono metallico si diffuse nell'aria distintamente.

Bernardo alzò la testa, sgranando gli occhi su quanti gli erano più vicini nella speranza di trovare in loro una conferma. E davvero quel suono, che era parso venire dall'oltretomba, era giunto chiaro alle orecchie di ciascuno.

«Eligio sei tu? Puoi sentirmi?»

Il suono si ripeté tre volte, come una affermazione o semplicemente una richiesta d'aiuto.

«È lui!» tuonò Bernardo rizzandosi in piedi. «Bisogna scavare, con tutte le precauzioni. Ho bisogno di un capo mastro, qualcuno che sappia come arrivare fin lì senza che crolli dell'altro. È probabile che Eligio sia rimasto incastrato o magari una parte della stanza non ha ceduto proteggendolo. Magari il suo stesso letto o il baldacchino...»

Bernardo parlava in modo convulso mettendo insieme

teorie e immaginazioni come se queste descrivessero la realtà.

Un paio di lacchè si misero a disposizione e altri furono richiamati dalle altre zone della casa per concentrarsi solo su quella.

«Oscenza io va ciercu un capu mastru.» Giurgiuzzo s'era premurato di aiutare e in un batter di ciglia si era fiondato in strada spargendo la voce.

Fra Lorenzo, invece, pur mantenendosi scettico, aveva cominciato a togliere di mezzo i calcinacci più grossi e mentre lo faceva mormorava dei salmi.

«Ma comu vi spercia?» gli domandò un uomo i cui occhi debordavano rabbia.

«Prego Dio e nel frattempo lavoro», rispose serafico il giovane frate. Ma prima che potesse concludere la frase l'uomo gli sferzò un pugno violento e disperato.

Il frate ricadde indietro sanguinante mentre l'altro gli si buttò addosso come un cane.

«È curpa vostra, maliritti parrini. Mangiati particule e cacati diavuli. Tuttu stu n'fiernu ca ni sta bruciannu è pi voiautri.»

L'uomo continuò a percuotere il viso imberbe del frate, mentre un capannello gli si formava intorno senza che nessuno provasse realmente a fermarlo.

Anzi, serpeggiava nell'aria un livido risentimento, come se ognuno avesse qualcosa da rimproverare all'altro. C'era un irrazionale bisogno di trovare una causa alla tragedia sebbene nessuna causa plausibile avrebbe potuto placare tanta morte e dolore.

La folla, che assisteva tutta intorno a quella aggressione

solitaria come a uno spettacolo di piazza, era pervasa da sentimenti opposti.

C'era chi temeva per le sorti di quel giovane frate, senza altra colpa che essere lì ad aiutare, e c'era il coro dei livorosi, che il terremoto aveva trasformato in strenui anticlericali, convinti che in qualche modo il male fosse venuto loro tramite la religione e gli uomini di Chiesa.

E furono proprio questi, con le loro bestemmie e le loro imprecazioni a ridestare l'attenzione di Bernardo che non guardava ad altro che alla liberazione di Eligio.

Dalla sua posizione carponi, il padre parroco, intravide tra le gambe della folla il volto contuso di fra Lorenzo e la rabbia dell'uomo che gli si avventava addosso.

Si alzò di scatto e si fece largo tra la folla strattonando e spingendo.

Si ritrovò al centro del cerchio, seguito da una coda di proteste e mugugni che non tardò a morire nel silenzio.

L'uomo che aveva picchiato a sangue il frate si fermò e si diresse verso Bernardo.

Restarono così, a guardarsi in quel deserto di morte, pronti ad aggiungere rabbia ad altra rabbia, sangue e dolore.

«Cu quali faccia di gran buttana siti ca?» fece quello alzando il mento a pochi centimetri dal padre parroco.

«Sto cercando i miei morti», rispose Bernardo con la mandibola serrata. «Fareste bene a farlo anche voi.»

«I miei di morti su tutti all'Inferno. Ci arrivarru per i porci come a voiautri. Vui siti m'parrinu senza Dio, un buttaniere, mienzu mpriacu, uno ca s'avia misu intra na buttana.»

Alla parola buttana, inequivocabile insulto a Tresina, Bernardo perse il controllo. Gli occhi gli si riempirono di lacrime e le mani diventarono calde, quasi incandescenti, spinte da una furia che lui stesso non conosceva.

Senza pensarci e guidato solo dall'istinto alzò il braccio e gli sferrò un pugno in pieno volto, tramortendo quel disperato iracondo e stendendolo a terra che pareva morto.

Rimase a fissarlo fintanto che quello non riaprì gli occhi.

«Si chiamava Tresina», disse Bernardo mentre le lacrime gli solcavano il viso. «E voi non siete degno neanche di pronunciare il suo nome.»

Poi si avvicinò a fra Lorenzo, gli tese la mano e lo aiutò a rialzarsi.

In quel momento un grido, per una volta intriso di entusiasmo e speranza, distolse tutti dalla rissa.

«È ca, ca sutta!» gridava Giurgiuzzo. «Mastro Masi lo trovò, ca sutta, ca.»

Bernardo accorse con tutta la prudenza possibile e vide che avevano allargato tra le macerie il cunicolo fino a una sorta di cavità protetta.

«Eligio sei tu? Sei ferito? Stai bene?»

La voce di Eligio arrivava attutita, sofferente eppure era la sua.

Ci vollero altre tre ore per tirarlo fuori da quella prigione, l'ennesima, che la sorte gli aveva inflitto e quando finalmente, con un sistema di corde e tiranti, riuscirono a riportarlo all'aria aperta Bernardo gli si inginocchiò accanto.

«Gli avevo dato il tuo nome», disse singhiozzando, «e avevo cercato di portartelo perché tu potessi conoscerlo… Era bello come lei, e aveva le mani e l'incarnato tuoi.»

Eligio, steso su un lenzuolo utilizzato a mo' di barella, tirò fuori la mano e gli accarezzò i capelli intrisi di polvere.

«Lo so», faticò a dire con la voce rotta.

«Non ho più nulla Eligio, Dio ha voluto punirmi.»

«Sei vivo Bernardo», rispose quasi sussurrando il barone L'Arestia. «Dio ha voluto perdonarti.»

Capitolo 20

Ibla, 13 gennaio 1693

Eligio L'Arestia Corbara, settimo e ultimo barone di Cannicarao, era stato uno dei pochissimi in quella immane tragedia a essere ritrovato non solo vivo, ma tutto sommato in discrete condizioni, dopo oltre trenta ore dal terremoto.

Per ironia lo aveva salvato il suo letto, quel luogo di prigionia dove il giovane e mai sano barone, era costretto per larga parte delle sue giornate, dopo lo sventurato incidente di cui era stato incolpato il fratello.

Il soffitto era crollato sul baldacchino, ma la struttura a quattro colonne aveva retto quel peso creando una sorta di riparo nel quale Eligio aveva trovato la forza di pregare e di sperare.

Al suo fianco, invece, a pochi centimetri dal letto era stato trovato il corpo senza vita di Michelino, quel ragazzino timoroso e impacciato che lo assisteva e che, senza averlo mai conosciuto, aveva condotto di nascosto Bernardo a fargli visita.

E fu proprio a Michelino, schiacciato dalle macerie e avvilito dalla brutalità di quella morte, che Bernardo dispensò la sua prima benedizione dopo la disgrazia.

Lo vide a terra e lo riconobbe, con lo sgomento che si riserva agli amici; gli impose le mani recitando la benedizione e gli tracciò una croce sulla fronte.

Poi si rivolse a fra Lorenzo. «Non ho altro da cercare, possiamo andare in convento.»

Sollevarono il lenzuolo su cui era steso Eligio: Bernardo prese i due capi davanti, fra Lorenzo e Giurgiuzzo i due dietro. Si mosse così quella carovana di anime ferite, di corpi macilenti e di dolori insanabili. Si mosse nei meandri smembrati di una città in ginocchio, tra madri disperate e padri perduti, bambini piangenti e vecchi avviliti dalla loro stessa vita. Partirono in quattro ma li seguirono molti di più.

Come un'onda che aumenta la sua forza prima di infrangersi sulla scogliera così cresceva, istante dopo istante, una rabbia incontrollata, una sete di vendetta violentissima che si leggeva negli sguardi allucinati, nelle grida e negli atteggiamenti che sembravano rasentare la follia.

«Buttaniere», gli urlò contro un uomo che teneva sulle gambe il corpo esanime del figlio. «Chiddi come a voiautri nun muorunu mai, sempre noiautri mischini c'appizzamu i pinni.»

E un altro, che cercava di tamponarsi una vistosa ferita sul braccio, si unì alle invettive.

«Padre Bernardo, u sapemu tutti chi è vossia. Uno ca nun merita di siri muntuatu parrinu... è colpa vostra e di chiddi comu a voiautri se semu riddutti accussì.»

Bernardo avrebbe voluto fermarsi, mettersi muso contro muso, ma il peso di Eligio lo costrinse ad abbassare lo sguardo e a proseguire. E mentre camminava mettendo un passo dietro l'altro, senza una strada chiara da seguire ma solo con il desiderio di allontanarsi, lo assalì il pensiero improvviso, ma nitido e travolgente di padre Costante e Gasparino.

In quelle ore così concitate, in quel fiume di disperazione nel quale aveva annaspato senza respiro, Bernardo non aveva pensato che a Tresina e suo figlio, prima per sperare nella loro vita e poi per disperarsi della loro morte. Poi la ricerca di Eligio aveva occupato la sua mente, con il dono inatteso e contro ogni probabilità di trovarlo vivo.

Sentì struggente un violento senso di colpa.

Si volse con gli occhi sgranati verso fra Lorenzo.

«Che notizie avete di padre Costante?»

Il frate scosse la testa.

«Nessuna reverendo; poco dopo la scossa, quando la gente cominciava a riversarsi nel convento, io fui mandato dal priore Tolomeo in giro per la città a cercare anime bisognose, come la vostra... ma padre Costante non l'ho veduto.»

«È morto?» domandò secco Bernardo con la freddezza di chi è preparato ad aggiungere lacrime a quelle già versate.

«Non lo so, reverendo. Quando andai via la conta dei frati era scarsa; ne mancavano diciotto», disse il frate abbassando dolente il capo.

«Era con me a San Giorgio, ma non mi sono preoccupato di lui... e Gasparino, il bambino che veniva sempre a dir messa con me all'Itria... sapete qualcosa? L'avete visto?»

Stavolta la voce di Bernardo s'era fatta quasi implorante.

Fra Lorenzo arrossì e abbassò gli occhi mostrando un evidente imbarazzo.

«I bambini che c'erano sono stati messi al riparo ma io non ho ricordo di questo Gasparino.»

«Ha i capelli rasati», lo incalzò il padre parroco incapace di leggere certe sfumature, «è molto piccolo, quasi emaciato. Poi ha un sorriso allegro, sdentato...»

Fra Lorenzo lo guardò triste e scosse la testa.

«Preghiamo di trovare entrambi quando arriveremo al convento», lo incitò abbozzando un sorriso.

Bernardo fu grato per quelle parole, sebbene il puzzo nauseabondo di morte e gli occhi incerti del frate non inducevano alla speranza.

Lungo il tragitto s'accodarono a loro tre padri carmelitani a cui il terremoto aveva distrutto del tutto il convento e due benedettini in cerca dei loro fratelli. Ma anche un bambino di sette anni che teneva in braccio, con grande fatica, la sorellina di pochi mesi.

Fra Lorenzo s'era proposto di aiutarlo ma lui si era irrigidito.

«Adesso è figghia mia», disse serio, con la voce di bambino e la maturità di un uomo.

Andarono avanti così, schivando cadaveri, scavalcando macerie e raccattando sbandati e bisognosi di un ricovero.

Ogni tanto Bernardo era costretto a fermarsi per adagiare Eligio e assicurarsi che non stesse troppo male. Poi ripartiva, con l'aiuto del frate e di Giurgiuzzo, e ricominciavano quella strana marcia.

Arrivarono al convento dei frati cappuccini che il sole

era ancora alto e una luce non più decisa ma ancora iridescente avvolgeva il grande complesso, salvo, forse per miracolo, quasi in tutta la sua interezza.

Un viavai concitato di gente riempiva lo spazio antistante e una fila, lisa, dolente, si immetteva con la mestizia dell'angoscia verso il chiostro principale.

«Seguitemi», disse fra Lorenzo, lasciando che Giurgiuzzo reggesse il retro della barella.

Discesero per il viottolo che conduceva all'ingresso e passarono a fianco di quanti attendevano un pasto caldo.

«Ci sono dei feriti, fate passare», diceva il frate cercando di aprire un varco.

E quando giunsero al portone, lo stesso al quale troppe volte Bernardo aveva bussato poggiando le spalle avvilite dal vino e dagli errori e dove aveva incrociato per la prima volta lo sguardo stravolto di Tresina, il padre parroco si fermò.

«Portate voi Eligio», domandò fissando i battenti di noce scura, «io devo fermarmi qui.»

Giurgiuzzo e fra Lorenzo obbedirono e Bernardo si abbandonò alla contemplazione del passato.

Li rivide tutti quei momenti di smarrimento, il vino tracannato dalle bottiglie e le prostitute intorno a letti sfatti. E poi rivide lei, avvolta nello scialle ruvido, con gli occhi pieni di rabbia e di vergogna. Gli sembrò di averla lì, a pochi centimetri dalla sua mano. Tentò di allungarla ma il ricordo sfumò lasciando spazio solo alla triste realtà.

Poggiò silenziosamente la fronte contro il legno e respirò a pieni polmoni, cercando di trovare, forse di rubare qualcosa di lei.

E mentre stava lì, senza più lacrime, senza più forze sentì una mano sulla spalla, calda, robusta e sicura.

Spalancò gli occhi senza voltarsi.

«Ditemi che siete voi Costante, l'unico amico di questi miei anni, l'unico appiglio. Ditemi che siete l'uomo che ha condiviso con me le notti sul deserto, i cieli stellati, la fame, la sete, e poi il ritorno. L'amico che mi è rimasto accanto quando tutti mi hanno abbandonato, che non mi ha ripudiato per i miei errori, che mi ha difeso dalle mie stesse follie accompagnando la mia ultima felicità. E se non siete voi, chiunque voi siate, vi prego di allontanarvi perché guarderei con odio il vostro viso, detesterei i vostri occhi sconosciuti e respingerei queste mani che pure credo di conoscere o che forse semplicemente mi illudo di conoscere.»

L'uomo premette con i polpastrelli sulla spalla di Bernardo e questi si voltò.

L'abbraccio fu lungo e sofferto, silenzioso tra il pianto e il sorriso, ma talmente stretto da togliere il respiro.

Padre Costante sembrava illeso. Bernardo lo tastava, come a volersi sincerare che fosse reale e non solo il miraggio di un suo desiderio.

«Come state? Siete ferito?»

«Grazie a Dio, no. Mi sono precipitato fuori prima che l'intera chiesa mi si sgretolasse sotto gli occhi. Ho visto poi crollare palazzi, come carte, a uno a uno. Non so davvero come io abbia potuto salvarmi.» A padre Costante si ruppe la voce. Poi riprese fiato e proseguì. «Subito mi sono voltato indietro e sono venuto a cercarvi, ma quel luogo santo sembrava l'Inferno.»

Padre Costante respirò a fatica prima di continuare.

«C'era gente che correva a destra e sinistra gridando e invocando aiuto. La polvere che il crollo della navata centrale aveva causato rendeva tutto invisibile, impossibile anche muoversi d'un solo passo. Sentivo gridare che il presbiterio era crollato e che la cupola grande s'era rovesciata sui canonici del capitolo. Fu allora che persi le speranze. Io vi sapevo lì, vi avevo visto pochi istanti prima padre Bernardo, fra i canonici, nel vostro scranno...»

Padre Costante cominciò a piangere ma Bernardo gli sfiorò la spalla rassicurandolo e lui seguitò.

«Mi diressi verso la chiesa dell'Itria, correndo a perdifiato, e quando la trovai intatta ebbi la speranza, la certezza, che Tresina ed Eligio, almeno loro, si fossero salvati...»

Bernardo soffocò le lacrime di padre Costante in un altro abbraccio e gli bagnò la spalla con le sue.

Quando i singhiozzi si furono diradati fu Bernardo a parlare.

«Sono arrivato dopo di voi e sono rimasto lì per ore. Li ho trovati e li ho cullati finché ho potuto. Poi è arrivato fra Lorenzo, e mi ha accompagnato prima a seppellire i loro corpi e poi a cercare mio fratello, mia madre, il palazzo...»

«E dunque?» domandò padre Costante asciugandosi i residui salati di dolore.

«Mia madre e padre Fernando sono morti, credo sul colpo. Eligio invece è vivo; benedetto da un miracolo, ammesso che Dio esista ancora.»

«Quindi sta bene?» domandò il frate senza dar seguito a parole figlie della sofferenza.

«Incredibilmente sì. È rimasto ore seppellito… adesso è qui.»

Calò il silenzio. Padre Costante sapeva bene quale inaudita afflizione albergava nel cuore del suo amato reverendo e non osò aggiungere nulla al racconto che Bernardo, come in un diario, gli aveva donato.

Si limitò a dire solo: «Il tempo, padre Bernardo, il tempo sarà la nostra cura».

E quello annuì, senza crederci, senza neppure comprendere.

«Ditemi di Gasparino», disse poi tornando vigile.

Padre Costante fece una smorfia, si grattò la testa mostrando una piccola ferita a ridosso dell'attaccatura dei capelli e sospirò.

«Seguitemi, sarà meglio.»

Capitolo 21

Ibla, 13 gennaio 1693

Padre Costante passò avanti aprendo la strada e indicando il percorso a Bernardo.

Attraversarono il grande chiostro nel quale i frati solevano trascorrere le ore del silenzio e poi un altro, più piccolo, usato abitualmente come luogo di ristoro. Giunsero nel refettorio, trasformato per l'occasione in una grande mensa e nella sala comune che invece era divenuta un ricovero per i feriti.

Qui le persone, con lo sguardo spento e attonito, stavano ammassate per terra. I feriti doloranti e purulenti erano adagiati su giacigli improvvisati di paglia e lana vecchia; gli altri cercavano riparo laddove potevano.

Bernardo notò che molte donne, alcune anche ben vestite, prestavano soccorso portando acqua o medicando, alla meno peggio, le piaghe e le contusioni meno gravi.

Per le condizioni più disastrose invece c'erano i monaci esperti guaritori e un paio di medici che avevano offerto la loro scienza.

«Alcune donne hanno chiesto di rendersi utili venendo ad assistere...» bisbigliò padre Costante. «Può sembrare inverecondo, ma viviamo tempi tragici ed è un bel gesto; alcune di loro sono rimaste completamente sole, chissà che fine faranno...»

Bernardo annuì distrattamente.

Lo assillava l'incertezza per quella risposta elusiva che l'amico frate gli aveva dato su Gasparino. Forse del bambino non si avevano ancora notizie o magari, al pari di Eligio, era rimasto intrappolato e nessuno era riuscito a tirarlo fuori? Perché padre Costante gli imponeva quella inutile sfilata di dolore? Perché non dirgli subito le cose nella loro cruda realtà? La vita gli aveva già inflitto il peggiore dei mali, a cosa serviva cercare di proteggerlo dallo strazio?

Il padre parroco si arrovellava su quei pensieri, mentre seguiva padre Costante con una morsa alla gola che gli impediva di respirare a fondo.

Infilarono un corridoio che Bernardo vedeva per la prima volta e si fermarono davanti a una porta, quella del priore gli spiegò l'amico.

«Padre Costante abbiate pazienza...» gemette Bernardo. «Non sono in grado di parlare con padre Tolomeo.»

Il frate accennò un sorriso amaro e aprì la porta.

La stanza del priore, immensa e finemente decorata, era diventata il ricovero dei bambini feriti; lì, avvolti in calde coperte e assistiti dal padre portinaio e dal priore stesso, c'erano sedici bambini, dei quarantadue che il convento ospitava già al momento del terremoto.

Il padre portinaio vedendo Bernardo gli si buttò addosso e lo abbracciò con l'entusiasmo di un amico ritrovato.

«Credevamo foste morto sotto le macerie di San Giorgio. Che gioia rivedervi padre Bernardo.»

Bernardo ricambiò l'abbraccio forse con meno entusiasmo ma comunque lieto.

Poi s'avvicinò al priore, s'inginocchiò al suo cospetto e con le lacrime agli occhi gli baciò il cordone del saio.

«Perché Dio ci ha abbandonati padre Tolomeo? Perché?»

Il priore gli strinse le mani tra le sue e lo fece alzare.

«Questa tragedia non ci arriva come una punizione di Dio. È una prova Bernardo, nient'altro che una prova cui siamo chiamati. Abbiamo ricevuto una seconda volta il dono della vita e dovremo spenderla per compiere il volere di Dio.»

Bernardo fece una smorfia di disappunto, le labbra gli si fecero sottili e livide.

«E questi bambini? Cos'hanno fatto di male? Meritavano questo dolore?»

«Nessuno merita dolore Bernardo, nemmeno l'uomo più reietto, il più reprobo. Eppure il dolore esiste, così come esiste il male che è necessario a comprendere il bene.»

«Voi non potete capire», disse il padre parroco facendo un passo indietro. «Non avete idea di cosa significhi perdere le uniche cose per le quali valeva la pena vivere e ritrovarsi solo a vagare in un luogo che non vi appartiene più, tra visi sconosciuti e anime in pena.»

Il priore scosse il capo sorridendo.

«Oh sì che lo so, invece, figliolo. I miei bambini, gli orfani che ho accolto e amato come un padre, erano nel loro dormitorio, tutti insieme dopo il pranzo. L'unica ala che ha ceduto dell'intero convento è stata quella.»

Bernardo sgranò gli occhi e sentì un dolore, come una fitta, tra il petto e lo stomaco.

«Il tetto è crollato sulle loro piccole teste, sulla loro innocenza, su quei corpi esili come ramoscelli. E su di noi, vecchi e stanchi frati, neanche una tegola; solo la polvere di quella stanza.»

«Gasparino era lì?» domandò Bernardo con la voce impastata di veleno e terrore.

«Lui è vivo», rispose padre Tolomeo serio, «ma non sarà più lo stesso.»

«Cosa intendete?» chiese Bernardo.

«Venite con me.»

Il priore si incamminò tra i paglìericci e si fermò sull'ultimo.

Gasparino stava lì, sulla testa rasata si notava la peluria dei capelli in ricrescita. Teneva gli occhi chiusi e aveva il respiro affannato.

Padre Tolomeo gli si avvicinò e sollevò la coperta.

Delle due gambe leste e agili ne era rimasta una sola. L'altra era stata tagliata sopra al ginocchio, lasciandolo mutilato per sempre.

Bernardo si coprì la bocca con la mano, come a voler frenare un urlo, un pianto.

«Come è accaduto?»

«Una delle travi del tetto, quella portante, gli è caduta addosso. È incredibile come non sia morto. Questo bambino ha una grande tempra; ha pregato per tutto il tempo, ha chiamato anche voi, ha perfino sorriso al dottore che si accingeva a segare l'osso…»

«Vorrei restare qui con lui», chiese quasi implorante Bernardo.

Il priore acconsentì.

«Se dovesse svegliarsi e piangere dal dolore chiamatemi, gli speziali hanno preparato delle pozioni.»

Il padre parroco si chinò e baciò il cordone, poi padre Tolomeo gli segnò il capo.

«Dubitate pure Bernardo, ma non disperate mai.» E con leggera andatura si allontanò.

Restarono così, il padre parroco dell'Itria e il suo amato chierichetto, per tre lunghissime ore; un tempo infinito e necessario per entrambi.

Gasparino ebbe modo di riposare il suo minuscolo corpo martoriato e Bernardo, per la prima volta dalla scossa funesta, di fermarsi e raccogliere i pensieri.

Come in uno di quei sogni che appaiono veri e reali rivide i suoi ultimi mesi, dopo giorno dopo, un minuto dietro l'altro.

Il volto di Tresina, col suo sorriso aperto e sensuale, lo torturava e lo cullava. L'immagine del suo corpo nudo, di quella mollezza luminosa gli faceva reclinare la testa, quasi fino ad appoggiarla alla spalla, in una sorta di estatica contemplazione del ricordo.

Ebbe memoria dei gesti più banali e quotidiani, delle albe, del profumo confortante di latte e miele, dell'odore inebriante di sapone di casa misto a quello di pane caldo che emanavano le lenzuola condivise con lei.

Rivisse la messa di Natale, il suo bambino venuto al mondo nella notte di Nostro Signore e rivide Gasparino sghignazzante alla vista del pavimento bagnato per la rottura delle acque.

Si immerse nuovamente nella felicità di scoprirsi padre, di tenere per la prima volta il piccolo Eligio tra le braccia. Gli rimbombò in testa il suo pianto e i mugolii di soddisfazione che emetteva attaccato al seno di Tresina. Eppure di lui, di quel figlio troppo poco conosciuto e così tanto amato, Bernardo non riusciva a ricordare il volto. Ogni volta che cercava di far emergere quel ricordo i lineamenti di Eligio sfumavano, lasciando di lui soltanto un'immagine evanescente.

«Quanti errori non farei Gasparino mio, e quanti invece porterei con orgoglio in piazza, come una medaglia da appuntarmi sul petto», sussurrò parlando con se stesso.

«La vita che hanno deciso per me non era la vita che avrei dovuto fare; se solo avessi avuto la forza di oppormi avrei evitato l'inutile ed estenuante sequenza di dolore, che adesso mi lacera corpo e anima. Se non sono stato un buon figlio non è stata colpa mia, ma nemmeno sono stato un buon fratello. Ho abbandonato Eligio a un destino di immobilità, allontanandomi da lui per non vivere un quotidiano ed eterno senso di colpa. Ho tradito Dio accostandomi a Lui senza amarlo e adesso la sua vendetta è atroce. Ho costretto Tresina a sopportare l'umiliazione, la vergogna e una forzata reclusione in quella maledetta canonica che è diventata la sua trappola. Mi sentivo invincibile, in grado di affrontare ogni cosa, di porre rimedio a tutto con la sfacciataggine di un sorriso e invece non sono altro che un condannato alla vita, costretto a sopravvivere a mio figlio, alla donna che amavo, alla mia città.»

E mentre bisbigliava quel fiume di parole si accorse che Gasparino si stava svegliando.

Il bambino sbatté un paio di volte le palpebre e poi la sua bocca si aprì in uno straordinario sorriso a tre denti.

«Padre Bernardo», disse allargando le braccia e quello ci si tuffò dentro sentendosi avvolto dall'unico calore in grado di riscaldarlo. «Avete vistu chi sugnu curagghiusu?»

Bernardo si limitò a chinare la testa più volte; credette che se solo avesse cominciato a parlare si sarebbe sciolto in lacrime.

«Io mentre ca u dutturi mi tagghiava a jamma, pensavo a voiautri e quantu siti forti.»

«No Gasparino mio, tu sei molto più forte e coraggioso di me.»

«E Tresina? U picciridduzzo?» lo incalzò il bambino sempre con il sorriso sulla bocca.

Bernardo arrossì, quasi imbarazzato. Non si sentiva pronto a rispondere a quella domanda.

«Ma questi denti quando vogliono crescere?» gli domandò di rimando cercando di mostrarsi rassicurante.

Gasparino chiuse il sorriso e aggrottò il mento che prese a tremare prima che scoppiasse in pianto.

«Mi dispiace padre Bernardo», singhiozzò disperato, «mi dispiace assai. Io ci vulia bene a Tresina e pure o picciridduzzo.»

«Lo so», cercò di confortarlo lui, «lo so bene.»

Restarono così; Gasparino che piangeva e Bernardo che aveva smesso di fermare le sue lacrime.

Poi il bambino chiese: «Che cosa si po fare cu na jamma sula?»

Il padre parroco raddrizzò le spalle curve e sentì il dovere di vestirsi d'autorità.

«Tutto Gasparino, potrai fare tutto. Potrai camminare,

con una stampella; troverai giochi da fare, e lavori per vivere, dovrai usare l'ingegno; potrai ridere anzi dovrai ridere; potrai sognare e realizzare i tuoi sogni; amare, tradire, ricucire, aggiustare, sbagliare, chiedere scusa, perdonare, perdonarti, fare figli e crescerli, avere amici, litigare… Una gamba in meno non cambia molto. Vedi mio fratello… a lui di gamba non ne funziona neanche una, eppure è un uomo più felice di me che le ho entrambe ma non so cosa farmene.»

Gasparino lo ascoltò con attenzione e quando Bernardo ebbe finito rimase in silenzio prima di scoppiare in una fragorosa risata il cui suono, per la prima volta, distrasse il padre parroco dal suo dolore.

Capitolo 22

Ibla, 20 gennaio 1693

I giorni dentro il convento dei frati cappuccini passarono veloci e concitati. La gente, a frotte, continuava ad arrivare col suo carico di disperazione e sgomento.

Le sale comuni sembravano un coacervo d'umanità sparsa, una piccola babele in cui nessuno era compreso né capace di comprendere e tutti si sentivano tremendamente soli. Alcuni frati erano stati incaricati di portare soccorso: uscivano la mattina all'alba, risalendo la collina per giungere alla città distrutta. Lì trascorrevano ore, giornate intere, a convincere la povera gente ad allontanarsi dai resti precari delle loro case crollate o talvolta a stanarli da ruderi pericolosi.

Altri, quelli esperti in medicazioni o pozioni o gli addetti alla cucina, restavano in convento prestando assistenza continua ai feriti, cercando di lenire le crisi e le escandescenze di tanti.

Bernardo alternava le sue giornate tra il paglericcio di Gasparino e la sedia di Eligio.

Con uno si mostrava forte e sorridente, con l'altro si abbandonava allo sfogo, perlopiù inconcludente e irrazionale, talvolta considerando se stesso come artefice del disastro o altrimenti incolpando Dio, indifferente e invisibile se non, addirittura, inesistente.

«Se non esiste perché metti tanta energia a odiarlo?» aveva chiesto un giorno Eligio con disarmante semplicità.

Bernardo, che sentiva urgente il bisogno di controbattere, quella volta s'alzò indispettito e uscì dalla stanza.

A nulla valevano i continui inviti di fra Lorenzo, padre Costante e dello stesso priore a darsi da fare. Nelle ore che non passava alla presenza di quei soli affetti, si rintanava sotto un ulivo nodoso.

Chiunque fosse passato avrebbe pensato che il padre parroco fosse immerso nei suoi pensieri dolorosi. In realtà, lì seduto, Bernardo osservava il nulla. La sua mente, che troppa desolazione aveva visto e vissuto, sembrava rifiutarsi di ricordare, di pensare, di elaborare qualsiasi memoria.

Il padre parroco stava immobile in attesa che la luna sostituisse il sole e viceversa, nella speranza, un giorno, di non svegliarsi più.

Intanto da Ibla, e da tutto il Val di Noto, giungevano le più funeste e disparate notizie.

Il terribile terremoto aveva colpito un territorio straordinariamente grande, distruggendo città come Catania, Noto, Avola, Modica, Scicli fino a giungere a Siracusa.

I numeri, ancora provvisori, venivano ingigantiti dalla foga di rendere ogni cosa immensa e tracciavano il quadro di una distruzione capillare che nei giorni a seguire dal sisma aveva diffuso incertezza, paura e desolazione.

I frati o spesso gli stessi ospiti del convento raccontavano di giorno in giorno fatti nuovi e sconvolgenti al punto da apparire più vicini all'aneddotica che alla realtà.

Una mattina giunse un uomo dall'età indefinita, con abiti lerci e il viso scavato.

Bernardo come al solito stava rintanato sotto il suo ulivo mentre questi cominciò a raccontare a chiunque volesse ascoltarlo le condizioni della città.

«La situazione è d'inferno. Le guardie ro governaturi su cunfunnuti; i poveri mischini ca nun hanu ri chi manciari, hanno sfondato i granai del conte.»

«I granai?» fece eco qualcuno spalancando la bocca, mentre un altro ripeteva sconvolto: «Del conte?»

«Proprio accussì», confermò l'uomo calando testa, «ma nun è chista a cosa grave. U fattu terribilissimo è cà ci su cosi lurdi ca vanu tagghiannu mani e piedi per scippare anelli e cosi d'oro ai morti. Vanu scavannu unni ci su i casi re nobili e s'arrobbunu tutto.»

«E le guardie?» domandò una donna che allattava il suo bambino.

«U governaturi ci disse alle guardie che quannu trovunu a chisti delinquenti hana m'azzari. U fattu è ca tutti i mucciunu e nuddu i trova...»

La gente annuì soddisfatta come a dire «Anche noi li avremmo nascosti volentieri».

«Per esempio», riprese l'uomo gratificato dalla folla che pendeva dalle sue labbra, «all'argentiere Carfì c'arrubbarunu tutte cose.»

Al solo sentire quel nome a Bernardo, che come sempre stava assorto nel suo mondo privo di pensieri e di qualsiasi forma di interesse, si drizzarono le orecchie.

Si voltò verso quel capannello di gente, e fingendosi ancora distratto cominciò ad ascoltare.

«Quello, l'argentiere, usuraio e cosa tinta, appa nesciri dalla casa perché ci stava cariennu supra a testa… e quannu nisciu…»

Qualcuno rise, di gusto, altri scossero la testa turbati dalla perdizione dilagante.

Bernardo, che in quei giorni sembrava un frate vestendo un saio col cappuccio, decise di parlare.

«Sarebbe dovuto morire quella cosaccia di Carfì; invece la gente come lui rimane in vita soffrendo e disperandosi per l'oro e l'argento che gli è stato sottratto, quando tanti sono in miseria e hanno perso tutto.»

La gente intorno si ammutolì; alcuni si allontanarono con circospezione altri lo osservarono sconvolti.

Bernardo sollevò il cappuccio scoprendo il viso, provato ma ancora testimone di bellezza.

Una donna lo riconobbe subito.

«Ma voi siete il canonico L'Arestia, padre parroco della chiesa dell'Itria!»

E tutti gli altri si accodarono. «Sì, è vero. È lui…»

«Vi è piaciuto farvi le guerre… San Giorgio, San Giovanni; soldi, fimmine, potere…»

Un giovane, sulla trentina, gli si avvicinò quasi sfidandolo e ruotò la mano come a non potere elencare le infinite magagne di quel clero assuefatto al peccato. Poi si rivolse alla folla.

«Lo sapete che il canonico Landolina ha chiuso a chiave quelle mischine delle monache di clausura? Dice che se escono dal convento si svestono e si danno al peccato.

Picchì nun pensa a iddu u canonico, che tiene le buttane a fila dentro la sua chiesa.»

Poi si rivolse nuovamente a Bernardo e lo indicò davanti a tutti.

«E voiautri avete coraggio e faccia di parlare dell'argentiere? Lo sapete cosa ha detto il vescovo di Siracusa? Ha detto che la colpa è di tutta questa terra fitusa e piena di peccatori, come a voiautri padre parroco.»

Per la prima volta Bernardo abbassò la testa e non ebbe la forza di ribattere. Forse l'ira che la gente riversava sulla Chiesa e su di lui era la stessa che Dio aveva riversato sul Val di Noto. Forse quelle folle animose dicevano il vero; il susseguirsi sfacciato e disinvolto di peccati a nascondere altri peccati non aveva fatto altro che alimentare il disastro. Come un macigno sul cuore sentì un profondo e straziante senso di colpa che per la prima volta non era rivolto solo a quella piccolissima cerchia di persone che egli amava ma all'intera comunità, a tutti coloro che erano morti e tutti quelli che erano rimasti in vita.

Il giovane continuò ad apostrofarlo con i peggiori insulti e le più violente maledizioni ma lui rimase immobile, come se una parte di sé credesse di meritare quell'odio.

«Se vogliamo liberarci da questa vendetta di Nostro Signore, dobbiamo purificarci e dichiarare i peccati», sentenziò il giovane col piglio d'un predicatore. «L'ha detto il vescovo», tuonò avendo in pugno l'attenzione di tutti. «Dite ciò che sapete, di tutto, di tutti e forse Dio ci risparmierà.»

La gente tutt'intorno sgranò gli occhi. Alcuni annuirono condividendo, altri quasi inorridirono al pensiero che diventare delatori potesse salvargli la vita e l'anima.

Il silenzio divenne brusio e poi confusione fin quando il priore, seguito dal padre guardiano e da padre Costante, non uscì dal convento e disperse la folla.

«Cos'è questa confusione? Questo resta un luogo sacro e di preghiera anche se è aperto per accogliere chi ha bisogno. I vostri fratelli, lì dentro, soffrono e si disperano mentre voi state qui a dire cialtronerie. Rendetevi utili piuttosto, aiutate chi sta cercando di liberare le strade, di puntellare le case. Sostenete chi si sente perduto e pregate, per i vostri e per gli altrui peccati.»

Poi si rivolse a Bernardo che, pallido come un pomeriggio di novembre, stava immobile, con le braccia penzoloni e il mento quasi appoggiato allo sterno.

«Venite con me padre Bernardo, debbo parlarvi.»

Lasciarono il cortile pieno di livore e si inoltrarono nelle stanze del convento.

Il priore andava spedito facendo dondolare il suo cordone sul fianco destro mentre gli altri arrancavano lasciando dietro Bernardo che li seguiva con passo lento.

Quando furono all'interno di un piccolissimo chiostro, che a Bernardo era sconosciuto, padre Tolomeo si fermò.

«Vi parlerò come a un figlio, Bernardo, e come un padre il mio rimprovero sarà severo, ma mosso da amore. La vostra condotta, qui al convento, è disdicevole e senza senso. Siete un uomo forte e il vostro passato non vi giustifica ad abbandonare la vostra vita all'incuria e all'apatia. Siete un ministro di Dio e per quanto ve ne siate allontanato è giunto il tempo di ricondurvi a Lui. Il mio non è un invito, padre Bernardo, bensì un ordine. Domani andrete a Ibla, tornerete nella vostra chiesa e capirete in che condizioni versa. Cercherete di riprendervi le anime di quel quartiere e darete loro assistenza.»

Poi gli fece cenno di accostarsi e gli segnò la fronte con la croce.

«Potete andare», disse congedandolo.

Quando Bernardo si allontanò, padre Costante e il padre guardiano si avvicinarono al priore.

«E se tornare in quel luogo lo facesse cadere nella disperazione?» domandò padre Costante preoccupato.

«Non v'è alternativa», rispose il priore con le mani giunte sull'addome prominente. «Non sono certo che padre Bernardo troverà Dio, ma prego Nostro Signore che possa ritrovare se stesso.»

Capitolo 23

Ibla, 21 gennaio 1693

Bernardo, che aveva fatto della disobbedienza la regola della sua vita, all'alba del giorno successivo all'ammonizione del priore, sorprese tutti e se stesso decidendo di obbedire. Si alzò, coprì il capo col cappuccio marrone e si incamminò per il sentiero scosceso verso la città.

Padre Costante, che trascorreva le sue giornate nella vigile attesa di una reazione all'apatia dell'amico, vedendo che si allontanava volle accompagnarlo.

«Padre Bernardo, posso venire con voi?» chiese seguendolo.

Il padre parroco si voltò a guardarlo senza espressione, non rispose nulla e proseguì per la sua strada.

Camminarono così, l'uno accanto all'altro, come spesso avevano fatto, ognuno assorto nel proprio mondo, a cullarsi i propri dolori, a rimuginare sul proprio passato.

Scavallarono il piccolo ponte sull'Irminio e risalirono la collina dolce.

Il sole, dopo giorni di luce, era velato da nuvole sparse e illuminava i resti di ciò che Ibla era stata come una candela fioca.

Niente era più come prima: c'erano solo rovine e il fantasma avvilito della città.

I quartieri intorno al centro, quelli addossati al pendio, erano collassati. Qui e là una casa si mostrava ancora ritta, come un giunco nel letto di un fiume in piena, ma questa vista non faceva che accrescere il senso di desolazione generale.

Più i due risalivano il colle e s'addentravano più il disastro appariva totale.

Non vi erano più cadaveri accatastati ai margini delle strade e le guardie presidiavano i percorsi obbligati, tuttavia la disperazione e lo stordimento di coloro che vagavano era tangibile.

D'un tratto Bernardo si fermò con lo stesso senso di smarrimento che aveva provato dieci giorni prima mentre cercava di tornare alla canonica.

Si guardò intorno ed ebbe la sensazione di non sapere dove fosse e soprattutto dove dovesse andare.

«Per di qua padre…» gli disse l'amico avendo intuito la sua confusione.

Bernardo annuì e prese a seguirlo.

Durante il cammino incontrarono donne e bambini, ma anche notabili che Bernardo riconobbe ed evitò di salutare e canonici che lo riconobbero e fecero finta di non vederlo.

Nessuno voleva avere a che fare con un pubblico peccatore prima, figuriamoci adesso dopo quella tragedia la cui responsabilità era attribuita a uomini dissoluti come lui era stato.

La strada a un certo punto venne sbarrata da due gendarmi a cavallo.

«Chi siete?» domandò il più vecchio.

«Sono padre Costante, del convento dei cappuccini, e lui è padre Bernardo L'Arestia Corbara, parroco della chiesa dell'Itria.»

Bernardo alzò la testa giusto per rendersi visibile e prontamente la riabbassò.

«Stanotte è crollato il palazzo del marchese Arezzi e da questa strada non si può passare», chiarì l'uomo cercando di tenere a bada il cavallo.

«Dobbiamo raggiungere la chiesa per valutarne lo stato ed evitare furti sacrileghi.»

«L'unica strada possibile è quella che attraversa la piazza grande.»

Padre Costante alzò le spalle rassegnato e si voltò verso Bernardo.

«Ve la sentite?» gli domandò cauto accorgendosi, tuttavia, che l'amico dal sorriso pronto non era più presente a se stesso.

Sebbene fosse lì, con lui, in quella strada disastrata, fra ruderi e macerie, Bernardo sembrava immerso in un'altra realtà. Lo sguardo, perduto nel deserto della sua anima, vagava spaurito in cerca di qualunque appiglio.

Padre Costante gli sfiorò il braccio che ricadeva inerme sul fianco e Bernardo parve destarsi.

«Vi seguo», bisbigliò con la voce afona dal troppo poco parlare.

Attraversarono la città e quando si trovarono dinanzi allo scheletro martoriato della grande chiesa di San Giorgio, padre Costante si fermò inginocchiandosi. Bernardo rimase in piedi e con avvilimento rivisse gli istanti di terrore, il boato seguito dalla scossa violentissima e infinita, le corse urtando gli altri, scavalcando corpi feriti, camminando su corpi inermi.

E mentre stavano lì, piegati di fronte alla visibile manifestazione della inaudita potenza di Dio, la terra tremò ancora.

Furono pochi istanti eppure violenti.

Il frate rimase in ginocchio mentre Bernardo barcollò.

Qualcuno sbucò correndo da alcune stradine mentre il canonico Donzelli tagliò la piazza brandendo una croce e gridando: «Pentitevi, pentitevi tutti: fin quando ognuno di voi non avrà chiesto perdono a Dio dei propri peccati, la terra continuerà a tremare finché di noi non rimarrà nulla».

Poi tutto tacque, ancora una volta.

Dalla scossa del nove gennaio non vi era stato giorno in cui un tremendo boato seguito da un forte tremore non avesse terrorizzato la popolazione. Il grande terremoto non sembrava un episodio isolato bensì il principio di una nuova condizione molto più ampia e complessa cui nessuno sapeva dare un nome né tantomeno una spiegazione.

I peccati, la dissolutezza e l'empietà erano usati, pertanto, come l'unica possibile e valida giustificazione al mistero.

Padre Costante si alzò a fatica, senza che Bernardo, distratto, gli tendesse una mano in aiuto.

Si incamminarono di nuovo passando, malgrado l'insofferenza del padre parroco, dalla grande piazza.

Giunti a quel che rimaneva dell'avito palazzo, padre Costante si schiarì la voce.

«Dovreste prendervi cura di questa dimora; se abbandonerete ciò che resta alla trascuratezza e al disinteresse diverrà terra di nessuno e ciò che è al suo interno sarà depredato.»

Bernardo gli lanciò un'occhiata di disprezzo, come a padre Costante non sembrò di avere mai ricevuto.

«E ditemi», rispose con un tono a metà tra la saccenteria e lo sdegno, «per chi dovrei fare tutto ciò? Non ho nessuno, non desidero più nulla, non ho alcun interesse nei confronti del mondo: attendo solo che la morte possa lenire la mia solitudine portandomi in un altrove che non so più cosa è.»

«Dovreste farlo per vostro fratello, per la memoria della vostra storia, della vostra famiglia; per i ricordi della vostra infanzia...» provò a seguitare il frate ma Bernardo aveva già rimesso la strada in mezzo alle gambe.

«La mia infanzia va dimenticata, così come tutta la mia vita. Voglio ricordare solo Tresina eppure, giorno dopo giorno, il suo ricordo sfuma, si fa incerto, quasi evanescente come quello del mio piccolo Eligio che è solo un suono che turba le mie notti.»

Padre Costante deglutì il boccone amaro della sofferenza altrui e ritornò a camminare tacendo.

Ci misero un tempo che parve eterno ad arrivare nella piazza degli Archi e quando finalmente furono lì Bernardo si bloccò, come un asino testardo.

«Non ci riesco», sussurrò scuotendo la testa. «Non posso farcela.»

L'amico frate gli si mise accanto e per la prima volta nella lunga storia della loro amicizia lo chiamò per nome.

«Bernardo voi dovete! La vostra non è una scelta, è un

obbligo. Avete un dovere da svolgere e questo vi consentirà di non morire. Chi siete voi per stabilire cosa ne sarà del vostro futuro? Cosa sapete voi dei progetti che Dio ha in serbo per voi? Tornate alla chiesa, riprendete il vostro posto, mettetevi a disposizione degli altri e se il dolore che vi lacera non dovesse passare mai ponetelo al servizio di chi, a differenza vostra, non ha più dove tornare.»

Bernardo sgranò gli occhi non sapendo se difendersi da quell'attacco o ringraziare per quella reprimenda dettata dal bene e dall'affetto.

Si limitò a guardarsi i calzari senza riuscire a trovare nessuna parola adeguata.

E mentre guardava le sue dita ferite vide, quasi indipendentemente dalla sua volontà, le sue gambe muoversi e camminare in direzione della chiesa.

S'avventurò su per le scale e tra massi caduti e cornicioni crollati, il portone con lo stemma mariano gli si palesò innanzi socchiuso.

Posò la mano sul legno e spinse lentamente.

Il bagliore che filtrava dalle vetrate azzurre, in parte distrutte, avvolgeva la navata centrale in una luce tenue, quasi mistica. La madonna dell'Itria, un tempo poggiata all'interno di una teca dietro l'altare maggiore, era caduta e sembrava giacere bocconi, con un braccio rotto e il manto scheggiato. Bernardo la osservò a lungo e notò che il Gesù bambino che teneva in braccio aveva il volto frantumato in tanti piccolissimi pezzi.

Si piegò, quasi inginocchiandosi, sollevò la statua della Madonna tra le braccia e gli sembrò di rivivere quella terribile notte.

Ancora una volta la sorte gli aveva affidato una madre distrutta e un figlio senza volto.

Gli occhi gli si riempirono di lacrime ma ebbe forza di ricacciarle indietro.

«Conserviamo i cocci, vi prego», sussurrò sapendo che alle sue spalle come un angelo vegliava padre Costante.

Quello assicurò che avrebbe custodito tutto e lui continuò a guardarsi intorno.

Pur nel disordine di vetri rotti, tele cadute e qualche intonaco crollato, la chiesa sembrava non avere subìto danni ingenti.

Una crepa, sulla cupola, appariva come una ferita profonda ma non mortale.

Bernardo si sincerò che tutto fosse a posto e che nulla fosse stato trafugato e mentre lo faceva i suoi occhi si posarono sui grandi candelabri d'argento.

Il ricordo volò a quel primo contatto, a quelle mani desiderose di cercarsi, a quei corpi affamati d'amore. Li accarezzò piano e chiuse gli occhi. Rimase così, in contemplazione di una antica e quasi dimenticata felicità.

Poi la voce di padre Costante lo destò.

«Nella sacrestia è crollato il tetto.»

Il padre parroco si precipitò e vide che una parte della stanza, quella addossata alla canonica, era collassata travolgendo il grande armadio.

I paramenti sacri sembravano fantasmi distesi per terra così come i libri, le pergamene e i crocifissi.

La violenza di quella immagine gli restituì la scena degli ultimi istanti di Tresina e di Eligio.

Strinse le palpebre e si premette le tempie. E quando

riaprì gli occhi notò che accanto al paramento d'oro che aveva utilizzato la notte di Natale, brillava, per riflesso, un libro piccolo e panciuto.

Si chinò, lo prese tra le mani e lesse: «Sancti Aurelii Augustini episcopi. *De civitate Dei*».

E senza sapere il perché, lo infilò tra le pieghe del saio.

Capitolo 24

Ibla, 21 gennaio 1693

Uno stormo di rondini fuori stagione attraversò il cielo azzurro sopra i ruderi della città illanguidendo lo sguardo di tutti coloro che, con il naso in su, erano costretti a rimanere a terra.

I bambini puntarono le loro piccole dita in alto e gli adulti li seguirono osservando quell'insolito passaggio come segno di speranza.

Anche Bernardo, che da qualche ora stava immerso nella lettura del *De civitate Dei* mentre padre Costante, dentro la chiesetta cercava di rimettere ordine, sollevò il mento e osservò la scena.

Le rondini disegnavano un'onda con la loro sinuosa leggiadria per poi allontanarsi verso il sole.

«Passano supra a Sicilia picchì c'è cauro», sentenziò una voce di vecchio alle sue spalle.

Bernardo, che stava seduto su ciò che rimaneva delle scale che conducevano alla sua chiesa, si voltò e si trovò davanti un uomo che gli parve di conoscere.

Aggrottò la fronte e inarcò le sopracciglia provando a mettere a fuoco ma non parlò. Una benda nera sull'occhio del vecchio impediva a Bernardo di riconoscere quella figura forse familiare.

«Sugnu Cirino», disse l'uomo abbozzando un sorriso. «U ciumararo.»

Bernardo s'alzò di scatto lasciando il libro alla polvere delle scale e abbracciò il vecchio.

«Perdonatemi», sospirò con la voce rotta, «non vi ho riconosciuto subito, come state? Siete ferito? E la vostra casa? Ho visto che in parte è crollata.»

«Per la verità crollò tutta!» puntualizzò quello con una smorfia di dolore. «Io mi salvai picchì stavo alla ciumara a cogghiri arance e lumie.»

«E l'occhio...?» domandò Bernardo indicando la benda che copriva quasi per la sua metà il viso.

«Fu qua, al paese. Dopo che la terra avia tremato in quella maniera di pazzi iu mi misi a curriri per venire a vidiri la situazione. Sulu ca, arrivato ca sutta, nella piazza di l'Archi, un cavallo che paria mpazzuto mi vinni ncuoddu e mi spaccò la faccia. Mancu sacciu comu sugnu vivo...» concluse il vecchio tamponandosi la metà del volto sano.

«Il cavallo l'ho incontrato anch'io», sospirò Bernardo perdendo lo sguardo nel nulla. «Dev'essere stato prima o subito dopo, chi lo sa...»

«Haiu vardatu io la chiesa di giorno», riprese il vecchio allargando le spalle curve, «maju misu ca, di guardia, a nun fare trasiri a nuddu.»

Bernardo batté due colpi sulla spalla dell'uomo, in segno di riconoscenza e premio.

«E na sti jorna ho aspettato assai assai che voiuatri tornavate...»

«Avrei potuto essere morto», puntualizzò Bernardo stringendogli di nuovo la spalla.

«Ma iu u sapia che voiautri eravate vivo.»

Bernardo restò in silenzio, in attesa di conoscere il perché.

«Ero alla ciumara quando voiautri arrivastivu col corpo di Tresina e un altro monaco tinìa u picciriddu; la scena era accussì piatusa che nun ebbi coraggio di farmi presente. Perdonatemi padre Bernardo.»

Il vecchio cominciò a singhiozzare poggiando la fronte al petto del padre parroco. Il mutismo garbato che lo contraddistingueva sembrava solo una memoria del passato; adesso u ciumararu piangeva e parlava, piangeva e soffriva.

«L'unica cosa ca putìa fari», continuò quello tirando su col naso come un bambino moccoloso, «era guardare la vostra chiesa fino a quando voiautri nun v'avissivu decisu a riturnari. E ora, grazie a Dio, v'addecidistivu.»

Bernardo si sforzò di sorridere sebbene il ricordo di quella tragica mattina dopo il terremoto, fatto riaffiorare dal ciumararo, lo avesse turbato e fatto sprofondare nella solita inquietudine.

«Avete fatto bene», si limitò a rispondere.

«Nun s'à salvatu nuddu ca; pure le due zitelle ca stavunu sempre in chiesa, mischine… Tutte le case carierru ma la chiesa della madonnuzza dell'Itria restò addritta; comu si spiega?»

La domanda del ciumararo arrivò come uno schiaffo improvviso e inaspettato. Non c'era risposta a quella domanda; era come chiedere perché Tresina ed Eligio erano morti e lui era rimasto vivo. Non era una domanda da farsi proprio perché nella risposta c'era una inspiegabile ingiustizia.

E infatti Bernardo tuonò serio.

«L'ennesima ingiustizia di Dio nei confronti dell'uomo. Se fosse crollata la chiesa risparmiando case con bambini, con donne gravide o semplicemente vive, con vecchi saggi o perfino con peccatori, oggi avremmo una vita in più da celebrare e una chiesa in meno da mantenere.»

La risposta del padre parroco aveva colto impreparato l'anziano uomo.

«Sarebbe dovuta crollare questa chiesa», riprese Bernardo guardando il prospetto intatto, «e risparmiare la canonica... Forse oggi avrei ancora un motivo valido per stare qui.»

Il vecchio ciumararo chinò il capo mortificato e indietreggiò balbettando qualcosa di incomprensibile.

Rischiò di inciampare su una grande pietra al centro della strada e poi fece il gesto di alzare le mani, quasi per arrendersi.

Bernardo abbandonò lo sguardo severo e ritornò a sedersi immergendosi nuovamente nella sua lettura.

Passarono minuti, o forse delle ore. I confusi rumori che soverchiavano il silenzio testimoniavano l'ostinazione della vita contro la morte. Un bambino piangeva in lontananza ma dopo pochi istanti cominciò a ridere e una donna cantò una ninna nanna mentre un'altra questionava con il marito a suon di imprecazioni. Bernardo ne fu turbato, come se quell'istinto di riprendere se stessi e risorgere fosse figlio di un amore incostante, del rifiuto di soffrire per la perdita inflitta dalla morte.

Si indispettì per quei suoni che rimandavano a una quotidianità perduta che tanto strideva con il fetore ineludibile di morte e con la devastazione che troneggiava a ogni angolo e decise di rientrare in chiesa, portando il libro con sé.

Sentiva, nel profondo, un bisogno smisurato di pace, di silenzio e di solitudine.

Lui, che tanto amava la vita nelle sue sregolate sfaccettature e nelle sue infinite incongruenze, adesso avvertiva urgente il desiderio di distaccarsene.

«Ho sentito che i padri agostiniani del vostro ordine hanno cominciato a ricostruire il convento.»

La voce di padre Costante arrivò chiara da dietro l'altare maggiore, esattamente in quel punto dove Tresina si era rintanata quando Eligio aveva deciso di bussare alle porte della vita.

«Cosa fate lì dietro?» domandò Bernardo cambiando argomento.

«Sto controllando che non vi siano danni alla struttura.»

«Venite via, potrebbe essere pericoloso...» intimò Bernardo infastidito.

Padre Costante capì e obbedì prontamente.

«Dovreste andare là», continuò il cappuccino senza giri di parole.

«Andare dove?»

«Dai padri agostiniani; potreste aiutarli...»

Bernardo si avvicinò all'altare e si appoggiò alla terza panca, quella dove era solito trascorrere i pomeriggi. Accarezzò il legno impolverato e per un attimo gli sembrò di vedere le mani di Tresina pronte a lucidare e pulire ogni cosa.

«Quando fui costretto a scegliere la strada del sacerdozio, posi la condizione di seguire la regola degli agostiniani. Avevo letto le *Confessiones* e pensavo che seguire le orme di sant'Agostino, il santo che era stato peccatore, mi avrebbe aiutato a seguire Dio. La devozione di quest'ordine alla umanità di Cristo mi aveva fatto credere, per poco, per un breve momento, che avrei potuto essere un uomo diverso da quello che sono stato. Io però non tenni fede a nessuno dei miei propositi e loro furono i primi a condannarmi. Che ricostruiscano i loro conventi; io non ricostruirò legami spezzati.»

Padre Costante trasse un lungo respiro e indicò il libro.

«E quello?» chiese.

Bernardo sollevò meccanicamente il volume che teneva ancora tra le mani e si sentì quasi smascherato per qualcosa che non sapeva decifrare.

Aprì il libro, laddove aveva segnato la pagina con una piega, e si sedette leggendo dal latino.

«"L'amore di sé, portato fino al disprezzo di Dio, genera la città terrena; l'amore di Dio portato fino al disprezzo di sé genera la città celeste. Quella aspira alla gloria degli uomini, questa mette al di sopra di tutto la gloria di Dio." E ancora», continuò Bernardo voltando pagina, «"i cittadini della città terrena sono guidati da una stolta cupidigia di predominio che li induce a soggiogare gli altri; i cittadini della città celeste si offrono l'uno all'altro in servizio con spirito di carità e rispettano docilmente i doveri della disciplina sociale".»

Richiuse il libro sollevando un impercettibile sbuffo di polvere e fissò padre Costante.

«La nostra città era così terrena da generare quest'odio? Abbiamo davvero disprezzato Dio e amato solo noi stessi? E se pure fosse vero, amare noi stessi non significa in realtà amare Dio?»

Gli occhi di Bernardo, per la prima volta dopo giorni di vuoto, sembrarono illuminarsi d'una luce che nascondeva rabbia, dubbio, incertezza, paura, risentimento ma vibrava, come una candela contro il vento che teme di spegnersi però resiste e rischiara.

C'era vita in quella profondità che aspirava alla morte ma che in realtà la allontanava istante dopo istante.

«Agostino sta parlando di noi, non è così?» domandò infine esausto.

Padre Costante allargò il paffuto viso in un sorriso pacioso e s'avvicinò con la stessa pazienza che si riserva a un bambino ammalato.

«Agostino parla a voi; cercate di ascoltarlo. Un padre che rimprovera non ha mai smesso di amare.»

Capitolo 25

Ibla, 25 gennaio 1693

Ogni mattina all'alba Bernardo nascondeva il capo sotto il cappuccio e si incamminava verso la città distrutta.

Puntualmente, padre Costante gli si metteva a fianco e insieme trascorrevano le giornate a sistemare la piccola chiesa dell'Itria.

Bernardo alternava la lettura, a tratti compulsiva del *Civitate Dei*, con il lavoro nella sacrestia dove il ciumararo aveva spostato il grande armadio e giorno dopo giorno rialzava a fatica il muro che un tempo l'aveva diviso dalla canonica.

Il frate cappuccino si prendeva cura dei quadri caduti, delle statue scheggiate e Bernardo rassettava i testi sacri, le agiografie e i lezionari.

Ognuno lavorava alacremente nel silenzio del proprio patimento, nella compenetrazione del proprio dolore. Ognuno avvolto in una personale aurea di mistero e dubbio, di paura e fede.

A mezzodì, all'ora dell'*Angelus*, scandito dalle poche campane rimaste a Ibla, padre Costante intonava la preghiera e gli altri due si fermavano per rispetto sebbene si sentissero incapaci di unirsi a lui. Poi si sedevano su panche diverse e mangiavano un tozzo di pane e di formaggio che il frate preparava per tutti mostrando, come sempre, di volersi prendere cura degli altri, più che di se stesso.

Quando poi il sole cominciava a calare, i due sacerdoti riprendevano la strada del convento mentre il ciumararo rimaneva ancorato a quel luogo, l'unico che gli fosse rimasto.

Giunto al convento, Bernardo si precipitava da Gasparino che, negli ultimi giorni, trovava sempre in compagnia di Eligio.

Era quello l'unico momento in cui il padre parroco percepiva, seppur vago, un senso di casa e di famiglia.

Quel giorno, Bernardo aprì la porta della stanza del priore e non trovò nessuno. L'enorme camera, adibita a dormitorio per i bambini feriti era vuota e di Gasparino non v'era traccia. Si diresse nella cella che era stata affidata al fratello e a Giurgiuzzo e la trovò vuota.

Lo assalì, come una mano stretta intorno alla gola, una sensazione di vuoto e stordimento. E più cercava tra i corridoi, i chiostri e le celle, più credeva di crollare sotto il peso di quel macigno sul petto, di quella assoluta incapacità di respirare.

La testa cominciò a girargli duplicando qualsiasi immagine così fu costretto a fermarsi, appoggiando le larghe spalle contro il muro prima di lasciarsi scivolare per terra.

«Padre Bernardo, state bene?»

La voce di fra Lorenzo che si era inginocchiato accanto a lui lo riportò alla realtà. Socchiuse gli occhi battendo le palpebre a fatica.

«Gasparino non c'è, non c'è più... e nemmeno Eligio.»

Il giovane frate sorrise. «Perché s'è alzato!» rispose serafico. «Vostro fratello ha fatto costruire da Giurgiuzzo una stampella e la stanno provando nel chiostro delle ore. Venite a vedere...» Il frate esortò Bernardo, tendendogli la mano perché si alzasse.

Questi, tramutato il pallore in rossore, facendo leva sul giovane frate si rimise in piedi.

Gli bastò percorrere due corridoi per trovarsi a ridosso dell'arco che immetteva in un piccolo chiostro, al cui centro languiva un pozzo mai utilizzato.

Lorenzo lo lasciò solo. E lì si aprì ai suoi occhi l'immagine più solare e felice che mai avrebbe sperato di vedere in quei giorni, aridi e appesantiti dalla sfiducia dell'anima.

Su una sedia, entusiasta come un bambino con un gioco nuovo, stava Eligio. La coperta sulle gambe gli conferiva un'aria da vecchio ma il luccichio negli occhi svelava una vitalità da ragazzo.

Di fronte, invece, c'era Giurgiuzzo il quale, come un burattinaio che manovra i fili del suo pupo, reggeva Gasparino intento a muovere i primi passi con una stampella di legno.

Negli occhi del bambino si svelava la gioia della scoperta mentre in quelli benevoli di Eligio l'entusiasmo di condividerla.

Non c'era il rimpianto della mutilazione, né il compatimento per il dolore ma la felicità di scoprirsi vivi, capaci di rialzarsi dopo essere caduti.

Bernardo li osservò a lungo, poggiando la testa contro una colonna e rubando attimi, sguardi e risate spensierate, come se tutto il dolore pregresso di un uomo senza gambe sepolto per ore nelle macerie della propria casa e di un bambino mutilato fossero svaniti in quel chiostro, nell'istante esatto in cui il coraggio di rinascere supera il desiderio di morire.

«Bernardo, cosa fai lì dietro?» domandò Eligio mentre la sua voce si mescolava al suono delle risate di Gasparino.

Il parroco si sentì scoperto e sbucò fuori dal suo nascondiglio quasi imbarazzato.

«È tutta una questione di abitudine e di esercizio», continuò Eligio indicando il bambino traballante. «Tra qualche giorno andrà più spedito fino a sentirsi a proprio agio.»

Bernardo si sedette per terra, accanto alla sedia del fratello, ed esortò il ragazzo.

«Fammi vedere di cosa sei capace, mio coraggioso ometto...»

Quello, soddisfatto per tanta attenzione, saltellò un paio di volte sulla gamba rimasta sana ma dopo poco cadde.

Bernardo si alzò con un balzo e Giurgiuzzo si lanciò per risollevarlo ma Eligio, con l'autorevolezza della misura, bloccò entrambi.

«Lasciate che si rialzi da solo.» Poi sussurrò, rivolgendosi al fratello: «Se troverà fiducia in se stesso e consapevolezza delle proprie capacità sarà libero di affrontare gli impedimenti e pronto a superare i limiti».

Rimasero così, i due fratelli da un lato e Giurgiuzzo dall'altro, a osservare la scena. Bernardo impaziente di strappare il bimbo alla mortificazione della caduta ed Eligio in trepidante attesa di vederlo in piedi.

Ci mise del tempo Gasparino, facendo leva sulla stampella, scivolando e ricadendo almeno quattro volte. Poi, trovato l'appiglio giusto, strinse i denti diventando paonazzo e si rialzò.

Fu una esplosione di gioia e di felicità. Eligio si commosse fino alle lacrime e Bernardo si precipitò in un abbraccio avvolgente, baciando la testolina rasata e le guance scarne. E mentre stringeva quel bambino e sentiva dentro di sé crescere l'emozione del successo, provò la tormentosa melanconia del senso di colpa. Come poteva lui, a poche settimane da quella immane tragedia, gioire e amare. Come era riuscito il suo cuore maledettamente sano a continuare a battere e la sua anima a vivere. E come aveva fatto la sua mente, ormai dedita solo alla cura del dolore, a dimenticare, sebbene per un istante, lo strazio, il patimento, la fine. Rimise con cura Gasparino per terra e si allontanò rabbuiato. Vagò intorno al convento fin quando l'oscurità coprì ogni cosa e il latrare dei cani in lontananza rimase l'unico suono udibile. Rientrò dopo la compieta, frastornato e vinto dai demoni oscuri che avevano preso ad albergare nella sua testa negando quella innata speranza che era stata la cifra del suo carattere.

Attraversò il grande cortile vuoto e prima di immettersi nel corridoio che l'avrebbe condotto alla sua cella, la voce rauca del priore lo colse di sorpresa.

«Il viceré di Sicilia, don Juan Francisco Antonio Pacheco, duca di Uzeda, ha inviato una delegazione da Palermo presieduta dal duca di Camastra, Giuseppe Lanza, alla quale ha affidato la pianificazione della ricostruzione dell'intera aerea distrutta.»

Bernardo si voltò e senza alcun interesse annuì.

«Passerà da Catania per spingersi fino a Modica e Ibla.»

«Vedranno con i loro occhi quanto la furia del loro Dio sia stata violenta», commentò Bernardo cinico.

Il priore gli si avvicinò, poggiò entrambe le mani sulle sue spalle e lo guardò fisso.

«Voglio che voi partecipiate attivamente alle operazioni di ricostruzione. C'è bisogno di rinascere, di dare una spinta al popolo avvilito, di rimboccarsi le maniche e rialzare ciò che è crollato. C'è bisogno di uomini colti, sensibili al bello e capaci di interpretare una nuova concezione del vivere. Noi, uomini di chiesa, abbiamo il dovere morale di dare il nostro contributo. Bisogna ritrovare fiducia nella propria capacità di riaversi e non abbandonarsi alla tentazione di perdersi.»

Bernardo scosse il capo amareggiato.

Come poteva quell'uomo chiedergli tanto?

Come poteva il mondo intero e chi gli ruotava intorno rifiutarsi di comprendere il suo dolore?

«Per ricostruire bisogna avere fiducia, padre. Fiducia negli uomini, fiducia nel futuro, fiducia nell'amore e soprattutto fiducia in Dio. Io sapevo di non essere degno di Lui, ma credevo che la sua natura fosse amare e dunque perdonare. Che ricostruiscano gli ingenui, coloro che pensano di mascherare la verità dentro edifici dorati. Io non ho più segreti e, dunque, non ho bisogno di mura.»

Padre Tolomeo si arrese quasi spazientito.

«Figlio mio», sospirò lasciando che le braccia gli ricadessero lungo il corpo, «non pretendo che perdoniate

Nostro Signore; in questo momento Egli si sta offrendo a voi come appiglio e capro espiatorio in questa guerra che avete deciso di condurgli contro. Vorrei solo che perdonaste voi stesso.»

Bernardo strabuzzò gli occhi ma li riabbassò immediatamente. Il priore, con la seraficità di un saggio, non aveva fatto altro che svelargli il vero oggetto del suo risentimento. E quell'oggetto non era altro che lui stesso, un uomo che si riteneva un tale peccatore da avere meritato la peggiore condanna che si possa scontare.

«Se non volete avere fiducia nell'uomo», continuò il priore, «smentendo l'esaltazione dell'umano propria del vostro ordine, e siete tanto arrabbiato da non voler chiedere aiuto a Dio, almeno ritrovate fiducia nella bellezza. Sarà una via che vi ricondurrà alla vita...»

«La bellezza?» domandò il padre parroco visibilmente scosso.

«La bellezza, Bernardo. La bellezza...»

E così dicendo se ne andò, lasciandolo solo, in un cortile vuoto, con l'eco leggera di quella parola così lontana da sembrare perduta.

Capitolo 26

Ibla, 30 gennaio 1693

Le notti, in quelle settimane, furono lunghe ed estenuanti. Al tetro canto degli uccelli notturni si alternava quello del gallo, che finalmente dava sollievo alla irrequietezza di Bernardo interrompendo la tortura del giaciglio. C'erano frasi, e parole, anche semplicemente slegate tra loro, che martellavano la sua mente e lo rendevano instabile, ombroso e mutevole.

Il suo entusiasmo, sepolto tra le macerie di Ibla, aveva ceduto il passo a uno scetticismo perverso, allo stillicidio di un male di vivere che stava erodendo la sua esistenza. L'agire quotidiano non meritava né attenzione né gioia, era solo un modo per favorire il lento susseguirsi delle ore che parevano infinite.

Tutto per lui aveva smesso di esistere e al crollo del Val di Noto corrispondeva la sua caduta spirituale e fisica.

Eppure, proprio in quelle notti scandite dal lento fluire di immagini che alternavano gioia a dolore, Bernardo rimuginava sulle parole del priore, sul potere della bellezza e sulla necessità di attuarla, proprio ora che il mondo era caduto a pezzi.

Alcune notti, con gli occhi spalancati sul buio, le trovava farneticanti. Altre, invece, se le ripeteva, tenendosele in bocca, quasi il sapore dolce della «bellezza» riuscisse a confortarlo.

E tutte le volte che si fermava su quelle tre sillabe, il pensiero si faceva leggero e volava alle sinuose forme di Tresina, ai piedini sgambettanti di Eligio, alla rotondità del pane caldo, alle mani di padre Costante poggiate sulle sue spalle, al sorriso sdentato di Gasparino, a quello tenero di suo fratello, alla navata centrale di San Giorgio e persino a un lontano ricordo degli occhi giovani di sua madre.

Solo in quei momenti, quando concedeva pietà a se stesso e si abbandonava alla morbidezza di quelle immagini, riusciva a prender sonno.

Una mattina, pronto a mettersi in cammino verso l'Itria, trovò Gasparino, abbarbicato alla stampella, davanti alla porta della sua cella.

«Che fai qui?» domandò Bernardo sorpreso di vederlo sveglio a quell'ora.

«Vuogghiu veniri cu voiautri», rispose il bambino impettito.

«Impossibile! C'è molta strada in salita e poi Ibla non è un luogo adatto a te, in questo momento.»

«E se ci mettono trecent'anni a ricostruirla chi fazzu? Nun ci vaiu mai?»

Bernardo sorrise; quel bambino, pur senza istruzione, aveva un modo diretto ed efficace di arrivare alle cose e soprattutto di far valere le sue ragioni.

«La strada è lunga ed è più difficile di come la ricordi… ci sono massi caduti e in alcuni casi bisogna quasi arrampicarsi…»

«Padre Costante mi disse ca m'aiuta iddu, e poi…»

«E poi?» lo rintuzzò Bernardo.

«E poi ci siti voiautri, chi fa, mi lassati morriri?»

Lo sapeva bene, quel chierichetto facile alle pulci, che il padre parroco non l'avrebbe mai lasciato in difficoltà. Bernardo lo osservò con attenzione.

I capelli erano ricresciuti, più neri e crespi di prima. Gli occhi, che pure avevano visto fin troppo strazio in quei pochi anni di vita, erano rimasti identici, vispi e birichini, allegri e soddisfatti. I denti poi, che in parte avevano deciso di non crescere, gli conferivano un'aria discola che lo rendeva simpatico a tutti.

S'erano piaciuti dal primo istante, da quando padre Costante se l'era portato dietro che ancora si ciucciava il dito, se era stanco, dietro l'altare maggiore. Da quel momento Bernardo aveva preso ad amarlo un po' come un figlio e Gasparino, a quel prete fuori dagli schemi, contrario alle regole, che un po' rideva e un po' si arrabbiava, voleva bene come al padre che non aveva mai avuto.

«Che motivo c'è, poi, di venire?» sbuffò Bernardo cercando di prendere tempo e di dissuaderlo.

«Vuogghiu vidiri le case cadute… e San Giorgio. Puru San Giuvanni vulissi vidiri anche se voiautri u sapiti ca pi mia c'è sulu San Giorgio!»

A Bernardo scappò da ridere, in fondo era stato lui a trasmettergli la passione per il Santo a cavallo, bello e coraggioso, allegro e affascinante.

Gli diede una carezza sulla gota olivastra e si fece serio.

«Gasparì, ascoltami bene. Una città piegata dalla furia della natura non è una bella città. È un luogo pieno di dolore, di sofferenza e di avvilimento. Vedrai gente in lacrime, senza più un tetto, e sentirai ancora il puzzo nauseabondo di morte. Sei grande ormai e molto intelligente; sono certo che puoi farcela ma c'è ancora tempo e gli occhi di un ragazzo non dovrebbero mai abituarsi a tanto.»

«Va bene, padre Bernardo», disse Gasparino dandogli l'illusione di assecondarlo. «Iu taliu ma non mi abituo.»

Bernardo alzò gli occhi al cielo e strofinò la mano sulla testolina crespa.

«Chi testa di cippo che hai... E non fare il pietoso, perché ti faccio camminare.»

Il bambino abbassò la testa più volte mostrando all'alba di quel nuovo giorno il suo sorriso migliore.

Per metà del percorso, Gasparino venne portato in spalla da padre Costante e per l'altra metà se lo caricò in collo, a cavalcioni, Bernardo. La presa sul moncherino era scarsa così si tennero per mano, mentre il rudere di Ibla si faceva sempre più vicino.

«Vuoi davvero vedere San Giorgio?» chiese Bernardo toccandogli l'unica gamba che penzolava sul suo petto.

«Mi piacissi...» rispose laconico lui che osservava ogni cosa a bocca aperta tra stupore e incredulità.

Si incamminarono verso la piazza grande e seguendo un percorso ridisegnato dal terremoto giunsero ben presto sul luogo della chiesa che lasciava impronta di sé solo con l'opulenza dei suoi resti.

Gasparino strinse forte le mani di Bernardo.

«Carierru tutti cosi», disse, tirando su col naso.

Bernardo inghiottì il groppo che gli era salito in gola e si fece forza.

«Non tutto», rispose eludendo la commozione con due colpi di tosse, «è rimasto quel portale lì, quello della navata laterale.»

Gasparino rimase in silenzio, sconfortato. Poi bussò sulla testa del padre parroco come fosse una porta e domandò: «Secondo voiautri quando la ricostruiscono?»

Bernardo si ammutolì. Un altro che lo assillava con l'idea della ricostruzione, come se ricostruire potesse sostituire il dolore di quello che era andato perduto.

Avrebbe voluto rispondere con un sonoro «Mai», ma non gli parve giusto ferire con la sua disillusione l'entusiasmo di un bambino.

«Presto», balbettò cercando di eludere la domanda.

«Ma presto quando?» rincarò Gasparino continuando a tamburellargli la testa.

«Il tempo necessario a rimettere a posto le cose. Ci sono case da costruire, strade a cui pensare, piazze e tutti i palazzi governativi ma anche i tribunali e le carceri…»

«E alla casa ru Signuruzzu nun ci pensa nuddu?»

La domanda di Gasparino fu per Bernardo come una coltellata, l'ennesima, che un po' lo feriva e un po' lasciava filtrare una luce nel buio.

Una chiesa, avrebbe voluto rispondere, è un mausoleo di inconfessabili ipocrisie che la gente dedica a un Dio forse inesistente. Ricostruire quei luoghi sacri avrebbe dato nuovo agio a un clero corrotto e interessato al denaro, avrebbe restituito ai prelati una dimora intoccabile e pomposa dove rifugiarsi e dalla quale pontificare dottrine e verità rivelate.

Bernardo avrebbe voluto rispondere così, ma padre Costante lo prevenne.

«Ricostruiranno quando avranno l'animo pronto e la forza giusta. Quando il buon Dio avrà illuminato loro, il popolo, e noi religiosi per ritrovare la strada giusta e nuove vie.»

Gasparino accettò di buon grado quella risposta che trasudava misura e saggezza ma avrebbe preferito udirla dalla bocca di padre Bernardo.

Ripresero il cammino a fatica, attraversando la parte più sofferente di Ibla e si diressero verso il quartiere degli Archi.

La piazza, dove Gasparino era solito giocare con gli altri bambini, non era che un ricordo. La sua forma incerta, a metà tra un'arancia e un fico d'India, era irrimediabilmente perduta. Le case, crollando su altre case, avevano invaso lo spiazzo rendendo irriconoscibile il grande slargo del mercato. Gasparino rimase attonito nel vedere i luoghi a lui familiari tanto trasfigurati, ma contenne il dispiacere dimostrando una maturità inaspettata.

Di tanto in tanto, evidenziando uno straordinario senso dell'orientamento, ripeteva: «Qui ci viveva mastro Nanè di Marco». E ancora: «Ca c'era u panettiere Colosi, vi ricordate padre Costante?»

Continuò così per tutto il tragitto, ricordando e domandando che fine avesse fatto ognuna delle persone che citava e per ognuno che fosse morto recitava un requiem.

Quando giunsero alla chiesa dell'Itria, Gasparino chiese di scendere.

S'appoggiò alla sua stampella e zampettando entrò da solo.

La chiesa, ripristinata dopo giorni di lavoro, era come il chierichetto ricordava. Qualche crepa sul muro firmava il passaggio del grande sisma ma, per il resto, l'Itria era proprio una cattedrale nel deserto: una delle poche architetture ancora in piedi di Ibla caduta.

«I più forti siemu noiautri padre Bernardo!» esclamò dopo un veloce giro di ricognizione scoppiando in una fragorosa risata.

«Crederlo è già un buon punto di partenza», rispose laconico Bernardo mentre il suo pensiero, come ogni giorno, cominciava a percorrere l'impervia strada della memoria.

«Ve lo ha detto il priore», intervenne padre Costante, spostando l'asse della conversazione, «che il duca di Camastra arriverà con una squadra di architetti?»

Bernardo annuì distrattamente mentre Gasparino si intromise di nuovo.

«Ma cu su gli arcipetti?»

«Si dice architetti», lo corresse padre Costante trattenendo il sorriso. «Sono come capo mastri muratori, ma più bravi ancora. Non solo costruiscono ma prima pensano, progettano e disegnano come costruire. Per esempio, decidono che forma deve avere una chiesa, una casa, un palazzo. Sanno fare di conto, ma soprattutto sanno riconoscere la bellezza che si nasconde in una pietra e tirarla fuori per farla vedere a tutti.»

La risposta del frate questa volta piacque a Gasparino che lo ascoltò estasiato, mentre Bernardo, al sentire ancora una volta la parola bellezza, trasalì.

La giornata fu lunga e tempestata di infinite domande che il bambino rivolgeva a entrambi senza sosta sulla ricostruzione e l'affascinante lavoro di questi fantomatici architetti.

Alla fine, prima che i tre riprendessero la strada verso il convento, Gasparino chiamò a sé Bernardo e gli fece cenno di calarsi.

«Padre Bernardo, io da grande voglio essere come a voiautri, ma no parrinu, parrinu nun mi piace!»

Bernardo schiacciò l'occhio soddisfatto e gli accarezzò i capelli.

«Voglio essere come a voiautri in tutto, tranne che nel fare il parrino. Io, padre Bernardo, voglio fare l'arcipetto.»

Capitolo 27

Ibla, 11 gennaio 1694

A un anno esatto dal grande terremoto, la già decantata e prefigurata ricostruzione non era che un'idea ben lontana dal concretizzarsi o, se per quello, dal principiare. La gente s'era aggiustata a vivere in baracche di legno, che a intervalli venivano spazzate via da forti burrasche o dai ripetuti terremoti che per tutto il 1693 avevano tormentato gli abitanti del Val di Noto, senza pace.

I conventi – sovraffollati da quanti mancavano di tempra morale o della capacità economica e fisica per mettere insieme quattro assi di legno – erano diventati un crocevia di umanità che nel tempo aveva preso ad abitare intorno a questi luoghi non con la riverenza che si deve alla loro sacralità ma come una terra di nessuno dove ognuno si sentiva padrone.

Le liti, poi, inasprite da una serpeggiante diffidenza verso il prossimo e il vicino, erano all'ordine del giorno contravvenendo a quel principio di pace e di serenità che il vescovo di Siracusa aveva imposto come condizione per allontanarsi dalla catastrofe.

L'anarchia divenne pertanto caratteristica di quel periodo, un periodo di caos e disordine ma anche di maldicenza e oscurantismo.

L'ombra del peccato aleggiava come uno sparviero e a ogni scossone che la terra infliggeva ai suoi abitanti vi era un fuggi fuggi generale alla ricerca del primo padre parroco disponibile cui confessare ogni scivolone, proprio ma soprattutto altrui, salvo dimenticarsene quando la stessa terra offriva l'illusione della stabilità.

Le guerriglie interne, in quei mesi di follia, furono condotte perlopiù in nome e per conto di quei due santi che da sempre si erano spartiti la caldissima città arroccata.

La fazione di San Giorgio, ancorata a una nobiltà di antica data e orgogliosa delle sue radici, pretendeva una ricostruzione *in situ*, adducendo ragioni di carattere storico e abitativo, che nascondevano, in verità, la paura di diventare altrove irrilevanti, laddove avrebbero potuto conservare credito e influenza ricostruendo negli stessi luoghi.

La parte invece di San Giovanni, da sempre inclusiva di una nuova borghesia più scaltra e ambiziosa, spingeva per un nuovo sito e avversava una ricostruzione nello stesso luogo, che s'era sfaldato sotto i loro piedi appena un anno addietro.

Le conseguenze di quelle opposte visioni furono aspre e incongrue. Ci furono risse in risposta a provocazioni inutili e intimidazioni, da entrambe le parti, degne dei peggiori rivoltosi. I San Giovannari si rifiutarono di riconoscere San Giorgio come patrono cittadino mentre gli altri si chiusero in una sorta di settarismo nel quale riconoscevano come unico santo degno di culto il loro cavaliere martire.

Bernardo in quei lunghi dodici mesi non fece che invecchiare senza maturare mai, limitandosi a guardare, con un crescente e cinico disprezzo, i fatti beceri tra fazioni opposte la cui entità insultava l'intelligenza.

I suoi capelli ingrigirono così come la sua barba imbiancò, ma solo sul mento.

La curva all'insù delle sue labbra, che una volta lo distingueva, sembrava aver cambiato verso, così che il bel parroco L'Arestia Corbara era ormai incapace di sorridere alla vita se non in pochi, sporadici momenti, quando Gasparino riusciva a suscitargli una blanda e fuggevole sensazione di serenità.

S'era ridotto a ripetere gesti senza che questi avessero motivo d'essere scandendo le proprie giornate con una metodicità ai limiti della mania.

Trascorreva il tempo nella chiesa dell'Itria nella quale, tuttavia, si rifiutava di dire messa. Per questo aveva chiesto una dispensa adducendo la folle ragione di aver dimenticato, per via del trauma, qualsiasi formula, preghiera o momento della celebrazione. Aveva dunque ceduto, con una spinta di inusitata liberazione, il gravoso compito della liturgia a padre Costante, aiutato per quel che poteva da fra Lorenzo. Lui, si sedeva al solito posto e assisteva, senza introspezione, a una rappresentazione vista più volte e mai ascoltata per davvero. Lo confortava, tuttavia, il battere e il levare di certe frasi ripetute che come una melodia lo riportavano a un tempo lontano, perduto e più felice.

Del resto, la sua scelta non aveva incontrato l'ostacolo delle autorità religiose in quanto, messo ai margini Bernardo, la gente degli Archi, bisognosa di una parrocchia entro cui trovare conforto, cominciò a ripopolare la piccola chiesa dell'Itria addossata alle scale, trovando nei due frati cappuccini l'immagine specchiata di cui sentivano necessità.

Baracche e ipocrisie, guerriglie e pentimenti divennero le costanti di quel primo anno dopo l'11 gennaio 1693.

Sembrava che nessuno avesse saputo cogliere la grandezza di quanto era accaduto spostando altrove, in una sorta di rifiuto della realtà, i propri problemi, le proprie angosce e i legittimi mostri.

L'unico, al quale il terremoto sembrava aver restituito almeno quanto aveva sottratto, era Gasparino.

Dal giorno in cui con il candore della sua età aveva deciso di diventare un arcipetto, il chierichetto sdentato e sorridente s'era messo di buzzo buono imparando a scrivere e far di conto. Lo aveva aiutato, con una abnegazione ai limiti della missione, Eligio, quel barone paralitico cui il terremoto aveva dato una improvvisa e inaspettata libertà.

Trascorrevano così le giornate sommersi da fogli di carta, libri sottratti alle macerie del Palazzo L'Arestia Corbara e inchiostro profumatamente pagato dai proventi, in realtà sempre più esigui, delle terre dei Corbara.

Bernardo, rincasando all'imbrunire di ogni giorno, li trovava insieme, dediti rispettivamente all'insegnamento e all'apprendimento, in quel rapporto, via via sempre più simbiotico che a tratti sembrava lacerargli il petto di gelosia.

«Il dettato di oggi non ha un solo errore!» esclamò soddisfatto Eligio sbandierando il foglio come fosse un vessillo, approfittando dell'assenza di Gasparino.

«Bene», sospirò Bernardo.

«È tutto quello che hai da dire?» lo rimproverò il fratello un po' piccato.

«Hai idea di che giorno sia oggi? O forse vivere fuori dal mondo e giocare a fare il precettore ti impedisce di vedere la mostruosità non solo del dolore ma anche della sua ridicolizzazione. A te il terremoto ha strappato da una prigione regalandoti la libertà, io invece sono stato condannato all'infelicità e a sopravvivere nonostante non ci sia giorno, minuto e istante, in cui io non speri di morire.»

Gli occhi di Bernardo s'erano fatti rossi e lucidi, sembravano pronti alle lacrime.

Eligio pregò che ciò accadesse, ma al fratello bastò eludere il suo sguardo, per ricacciare indietro le lacrime inespresse.

Non gli restò che rimproverarlo, severo pur con tutto l'amore del mondo e la compassione per il suo dolore.

«Non azzardarti a pensare che chi riesce ad accettare la vita non sopporti la sua dose di sofferenza. Ognuno di noi combatte come può e come sa. C'è chi guarda al futuro, come me, ravvisandolo nell'entusiasmo di un ragazzo che ha perso una gamba ma non il desiderio di costruirsi una vita, partendo dalla sua istruzione. Ed è vero Bernardo, io mi dedico a questo e se ciò mi vale l'appellativo di precettore, bene; ma non lo sono per gioco e lo farò con orgoglio.»

Eligio tossì, ma non aveva finito.

«Quanto a te, la ricorrenza del tuo dolore non merita la sua esaltazione. Credi che la donna che hai amato o il figlio che Dio ha voluto darti sarebbero lieti di vedere che sprechi la tua esistenza nell'apatia? Credi giovi, a loro o a chiunque altro, rifiutare di ammettere la tensione a Dio che urla in te e ti induce a leggere e a comprendere, mentre solo la rabbia ti spinge a disconoscerlo? E credi davvero che negarti alla luce, alla libertà di un sorriso, al desiderio di rinascita sia la giusta celebrazione dei tuoi morti? Si può continuare ad amare accettando la croce, camminare sopportando le spine, risalire senza disconoscere la caduta.»

Bernardo abbassò gli occhi, incassando il rimprovero in silenzio per non rischiare le lacrime.

Eligio invece continuò a tossire e tossendo macchiò di rosso il fazzoletto con cui si copriva la bocca.

«Cosa hai?» domandò Bernardo portandosi al suo fianco.

«Nulla, sono sano come un pesce!» rispose quello nascondendo il lino dentro la veste.

«Da quanto va avanti?» replicò il padre parroco.

«Giorni, mesi forse, non lo so.»

«Ne hai parlato col medico? Con il priore?»

Bernardo s'era fatto improvvisamente pallido e il battito del suo cuore aveva cominciato ad aumentare il suo ritmo in maniera incontrollata.

«Bernardo ascoltami», lo bloccò Eligio stringendogli la mano intorno al braccio. «Gli ultimi dodici mesi della mia vita sono stati inaspettatamente belli. Sotto quelle macerie, nonostante l'immobilità, io pregavo Dio di avere salva la vita, questa vita che oggi mi regala il dono insperato del pensarmi in futuro nei ricordi di un altro. Questi mesi, poi, qui al convento, sono stati un balsamo d'umanità e compassione. Io sono grato per quello che ho e se pure dovesse finire qui la mia parabola io sarei riconoscente a quel Dio che oggi disconosci per avermi insegnato a credere, per avermi rivelato che la felicità non è ciò che crediamo sia ma ciò che vogliamo sia. Quindi accompagna il volere di Nostro Signore e se non vuoi sottometterti a lui, sottomettiti a me, che sono il fratello maggiore.»

La lacrima inghiottita, nascosta, allontanata adesso si rivelò senza rumore, ricadendo con un tonfo e formando una piccola pozza come un lago dentro il quale Bernardo avrebbe voluto affogare.

«Ti strapperò solo una promessa», continuò Eligio sorridendo. «La nostra casa non sarà il regno di topi e scarafaggi. Tornerà a vivere in una architettura diversa e luminosa, in una nuova veste che abbia memoria del passato e rispetto del futuro. Parlerà di noi e ci consegnerà alla storia.»

«Io non...» Bernardo aveva provato a controbattere ma Eligio lo zittì ancora una volta.

«Lo farai Bernardo, io so che lo farai. Credi per capire e capisci per credere.»

«Cosa c'entra?» chiese Bernardo sbarrando gli occhi. «Perché citi Agostino, cosa c'entra?»

«Credere per capire», ripeté Eligio contento, «e capire per credere.»

Capitolo 28

Ibla, 30 marzo 1694

Eligio se ne andò in silenzio, con un sorriso disteso sul volto, chiudendo gli occhi come in una serena consacrazione alla morte. Era avvenuto di sera, dopo la compieta. La sua tosse, ormai acclarata come tisi, si era fatta improvvisamente dolorosa e la crisi, invece di durare pochi minuti, continuò per ore, fin quando il suo corpo già debilitato e sofferente decise che era il momento giusto per arrendersi.

Il barone L'Arestia Corbara morì la notte a cavallo tra il 29 e il 30 marzo munito dei conforti religiosi di ben sessanta frati che a turno ne benedissero la salma immobile. Al suo fianco erano rimasti, nelle poche ore d'agonia e durante la veglia, Bernardo, Gasparino e Giurgiuzzo, con gli occhi rossi e una lacerante nostalgia in cuore.

I funerali vennero celebrati nella chiesa di San Francesco e furono solenni non tanto per l'importanza del barone e per la generosità delle donazioni elargite al convento ma soprattutto per il bene che aveva fatto in quei mesi di permanenza, per il conforto che aveva dato a chiunque aveva incontrato.

Non v'era uomo, donna o bambino che non potesse dir bene di quell'uomo sorridente, sempre disposto ad ascoltare e dare consigli, a lenire le angustie e ogni volta che poteva a ridurre le ristrettezze attingendo al suo patrimonio.

«A te dovevano fare prendere i voti», gli aveva detto una sera, pochi giorni prima che morisse, Bernardo. «Si sarebbero risparmiate molte liti e ne avremmo giovato tutti.»

«E invece la sorte ha deciso per noi», sospirò Eligio. «Mi ha fatto nascere per primo e mi ha costretto al ruolo di barone. Io destinato a una libertà confinata tra la sedia e il letto e tu a una carcerazione a cielo aperto.»

I due scoppiarono a ridere. A dispetto di tutto, dopo le peripezie confuse di Bernardo e le pazienti attese di Eligio, i due fratelli erano più uniti che mai e più soli che mai nel proprio destino. Il passato sembrava un ricordo ormai sfumato mentre il futuro si profilava incerto; aspirazione per uno, condanna per l'altro.

Negli ultimi mesi, da quando Bernardo aveva scoperto la malattia del fratello, i due avevano trascorso più tempo insieme, con una reciproca volontà di raccontarsi, di conoscersi prima che la clessidra esaurisse la sabbia.

Fu così, che vinte ritrosie e imbarazzi, un giorno Bernardo aveva chiesto: «Mi hai mai odiato, Eligio?»

«E perché avrei dovuto?» ribatté quello stupito.

«Non ne abbiamo mai parlato, io per codardia e tu per gentilezza. Forse è giunto il tempo di farlo, non trovi?»

Eligio si sistemò meglio sulla sua sedia facendo leva sulle braccia forti.

«Ho pochi ricordi e molto confusi. Una lite fra noi, qualcosa da contenderci e poi le scale. Non ho mai attribuito la mia invalidità a te ma a un incidente, forse a un destino che mi voleva immobile e seduto perché in questa condizione avrei fatto meglio. Ho sofferto più per le tue assenze, per le tue fughe, per la repulsione che avevi a venire a casa e di conseguenza da me, che per lo spintone sfortunato che mi hai dato da bambino.»

«Hai ragione», constatò Bernardo sconfortato. «Sono stato un vile; volevo evitare nostra madre, le sue pressioni, quel tetro senso di colpa che varcata la soglia mi stringeva la gola.»

«Quella soglia è casa tua, Bernardo. Non lasciare che il tempo completi ciò che il terremoto ha iniziato. Tra quelle mura non sono sepolte solo le tue punizioni, le candele e i santi afflitti appesi al muro. Dentro quel palazzo ci sono i nostri giochi, le corse dentro i salotti chiusi, le risate di nascosto prima dei rosari. Ci siamo noi due, con i nostri dolori, le nostre speranze e le nostre fughe. Edifica, abbellisci, sogna. Magari costruendo qualcosa ricostruirai te stesso.»

Bernardo si sedette accanto a lui e per la prima volta non ebbe né voglia né bisogno di controbattere. Sentiva piuttosto una necessità, quasi una impellenza di guardare al bello e allontanarsi dalle brutture della distruzione. Tuttavia non diede seguito all'istinto ed ebbe la forza di fermarsi ad assaporare il presente.

«Non togliermi altro tempo con te», aveva detto piano, quasi fosse una preghiera. «Avrò solitudini da colmare e silenzi da riempire; in quei momenti ti regalerò il mio tempo e lo dedicherò all'edificio di me stesso, ma non ora.

Adesso lasciami qui, con te; fammi riprendere quello da cui sono sempre scappato.»

L'indomani del funerale, dopo aver inumato il corpo di Eligio nella cripta del convento, Bernardo abbassò il cappuccio del saio sulla fronte e s'incamminò in direzione dell'Itria.

I passi, cadenzati e lesti, lasciavano intuire una determinazione che da tanto non sembrava più appartenergli. Per la prima volta, dopo mesi oscuri di rabbia covata e inespressa, Bernardo sentì l'urgenza di mantenere fede a una promessa fatta. La luce, in quella prima mattina d'aprile, lo colpì in faccia come uno schiaffo e lui rimase con il viso rivolto al sole per farsi schiaffeggiare ancora. Attraversò Ibla a passo fermo, con le spalle dritte e la testa alta, quasi sorridendo. E mentre camminava sentendosi una energia che credeva perduta, a una a una – come un rigurgito di memoria – tornarono tutte quelle parole, quelle verità che da troppo tempo aveva rinnegato.

Le ripeteva ad alta voce, e a chi lo incrociava sembrò che recitasse un rosario. Perché in fondo, il suo, era un rosario; il primo dall'undici gennaio del 1693.

«Bellezza. Ricostruzione. Edificio. Coraggio. Verità. Rinascita. Architettura. Cultura. Luce. Forza. Dedizione. Devozione.»

Una donna lo incrociò e disse «Amen» mentre un'altra segnandosi la fronte sussurrò «E così sia».

Bernardo si voltò senza fermarsi e sorrise, poi riprese le sue personali giaculatorie.

«Umanità. Tempra. Fiducia. Intelligenza. Sostegno. Futuro.»

Spalancò la porta della chiesa sorprendendo il ciumararo ancora assonnato e chiese: «I miei abiti sono ancora nell'armadio?»

Tolse il saio, che per più di un anno era stato la sua veste, e indossò il talare trovandosi impacciato nell'allacciare, uno dopo l'altro, quella sfilza di bottoni fino ai piedi.

Nel frattempo, padre Costante che non aveva retto il passo lesto del padre parroco, lo raggiunse e vedendolo indossare l'abito sacerdotale non riuscì a trattenere la commozione.

«Risparmiatevi le lacrime amico mio», tuonò Bernardo imprimendo alla voce l'antico entusiasmo. «Bisognerà lavorare duro e faticare. È l'umanità che urla rinascita, e noi insegneremo a Dio come si fa.»

Il frate avrebbe potuto controbattere per quella frase ai limiti della blasfemia ma se ne guardò bene. Chinò il capo e alzò le mani, come a dire «Mi arrendo»; quando però Bernardo uscì, confidò soddisfatto al ciumararo: «È tornato in sé».

Arrivato di fronte a ciò che restava del palazzo del governo, Bernardo ebbe la tentazione, pur se fugace, di lasciarsi ricadere nello sconforto. Poi scrollò le spalle e scosse la testa, come un cane sotto la pioggia, e si fece forza. Una baracca, non più grande delle tante disseminate per la città, era stata scelta come sede delle decisioni.

«Chi cercate?» domandò una guardia che lo vide farsi strada tra le rovine.

«Sono il canonico Bernardo L'Arestia Corbara, padre parroco della chiesa della madonna dell'Itria. Vorrei parlare con il governatore.»

«Attendete qui», rispose quello prima di allontanarsi.

L'attesa fu lunga: troppo per il Bernardo di un anno prima, indifferente al Bernardo di ora.

La misura del tempo, dello spazio, delle ore e della vita era profondamente cambiata in lui. I rintocchi delle campane nemmeno li percepiva; il suo orientamento era cadenzato dal sole e dalle stelle. Quelle stesse cui da bambino guardava con incanto e che adesso gli davano l'illusione di avvicinarsi a chi non c'era più.

Rimase lì, serafico, a guardare il cielo terso che faceva da tetto alle macerie. Finché sentì dei passi alle spalle.

«Non ci vediamo da quella mattina nella piazza del mercato.»

La voce del governatore Castillett suonava diversa da quella che aveva archiviato nella memoria. Ricordava la voce squillante di un uomo non bello ma tenace, forte e sicuro di sé. Ora udiva quella stanca di un vecchio, zoppicante, con radi capelli grigi e una mano offesa.

«Sembra passata una intera vita», constatò Bernardo piegando le labbra in una smorfia contrita.

«Ho saputo delle vostre traversie», riprese il governatore cercando di trovare la posizione più comoda, «e della morte di vostro fratello, una delle persone migliori che io abbia incontrato in questa mia rocambolesca vita.»

«È andato via senza troppo soffrire; l'unico regalo che questo passaggio terreno ha voluto concedergli.»

Rimasero entrambi in silenzio giocherellando con le mani.

Poi Bernardo si fece avanti.

«Vorrei il permesso di ricostruire Palazzo L'Arestia, la mia casa!»

«È un permesso che chiedono tutti da più di un anno salvo poi farsi la guerra ed evitare che questo succeda.»

«Ma a me non interessano le guerre tra Santi, io voglio ricostruire…»

Il governatore si stropicciò gli occhi, forse dal sonno e dalla stanchezza, poi quasi annoiato riprese a parlare.

«Vedete, padre Bernardo, voi non siete un uomo solo in un deserto. Se lo foste agireste in maniera indisturbata e libera. Mi duole ricordarvi, tuttavia, che vivete in una comunità e qui valgono regole che sono necessarie all'ordine generale. Bisognerà ripensare la città nel suo insieme, con un sistema di strade più ampio e vie di fuga più logiche. Quando questo avverrà, come sta avvenendo a Catania per mano del duca di Camastra, o a Noto e Avola grazie all'architetto Italia, penseremo anche ai singoli palazzi della nostra città.»

Il tono ironico e saccente infastidì Bernardo, che dovette stringere il pugno fino a ferirsi con le unghie per evitare di reagire con furia.

«Immagino, pertanto, che non essendo stati annoverati tra le città che meritano urbanisti e architetti mandati dal viceré, voi stiate organizzando una squadra che ripensi l'intera pianta di Ibla, come a Catania e Noto, non è così?» chiese ostentando gentilezza.

Il governatore incrociò le braccia e puntò gli occhi piccoli e pungenti sul padre parroco.

«Quando le due fazioni opposte, che guerreggiano vergognosamente in nome di due Santi rivendicandone la primazia, metteranno da parte gli odi e le rivalità, potremo cominciare a guardare al futuro. Prima di allora ogni pietra poggiata su di un'altra sarà fatica sprecata. E se Dio vorrà punirci ancora per tanta discordia, allora noi tutti periremo.»

Bernardo lo guardò a lungo intuendo che anche quel potente era un uomo a cui, come a tanti, il terremoto aveva inculcato lo spauracchio della vendetta divina.

«Comincerò ricostruendo la canonica», gli disse serio. «Dio non vorrebbe che a un suo sacerdote manchi un tetto per vivere tra i fedeli della sua chiesa.»

Castillett alzò le spalle condiscendente, come se la faccenda non lo riguardasse più di tanto. Nel ruolo di pastore, Bernardo doveva rendere conto a Dio, ma come cittadino a lui.

Si salutarono con un cenno della testa, senza dire una parola, prendendo strade diverse che non si sarebbero incrociate mai più.

Capitolo 29

Ibla, 19 settembre 1705

Lo specchio, scheggiato da uno dei tanti terremoti che per tre lunghi anni avevano flagellato Ibla, rimandò un'immagine diversa da quella che a Bernardo pareva di avere visto solo fino al giorno prima.

Tre rughe sulla fronte e un'altra, profonda, sulla guancia disegnavano l'inclemenza del tempo. I capelli poi, grigi e radi, erano solo il ricordo della sua folta chioma giovanile, nera come la pece e vigorosa come un crine.

Bernardo osservò il profilo destro e il sinistro, poi guardò le spalle curvate dall'età e dalla fatica d'una vita non certo facile.

Alzò il viso e giocherellò con la pelle rilassata sotto al mento, provando una certa nostalgia per la tonicità perduta, per la bellezza dimenticata.

Si vestì, avendo cura di coprirsi per bene, e uscì dalla cella.

In fondo al corridoio, come ogni mattina che il buon Dio mandava sulla terra, c'era padre Costante.

«Quanti anni ho io? Ve lo ricordate?» domandò Bernardo.

«Buongiorno a voi padre e ben svegliato.»

Bernardo accettò quel larvato rimprovero e sorrise.

«Cinquantacinque», riprese il frate. «In giugno saranno cinquantasei.»

«E voi?» lo incalzò il padre parroco.

«Otto in più. Diciamo quasi dieci...»

«Però devo constatare», disse Bernardo cominciando a camminare verso l'uscita, «che voi state meglio di me, nonostante la differenza d'età, s'intende.»

Il frate dondolò un po' la testa, per burlarsi di lui, e disse: «I belli sfioriscono, l'età con loro è inclemente. I brutti, invece, migliorano. Si sa, è la nostra piccola vendetta».

Si scambiarono una pacca sulla spalla e iniziarono a risalire verso l'Itria.

Le diatribe tra le fazioni dei due Santi, mai sedate e anzi sempre rinvigorite, non avevano fatto altro che creare una sorta di stallo, un limbo dal quale nessuno, clero compreso, era riuscito a venir fuori. Ricostruire era diventato il sogno di tutti e la speranza di nessuno. I governatori succeduti a Castillett non avevano avuto mai il coraggio di autorizzare una ricostruzione mettendosi contro l'una o l'altra fazione. Ne pagò, come sempre, le conseguenze la povera gente che non agevolandosi di case di campagna o di abitazioni periferiche ma pur sempre dignitose, si ridusse a pensar casa una capanna improvvisata.

Gli unici, forti della protezione divina, che seguirono il loro corso e la loro strada infischiandosene delle imposizioni altrui, furono i monaci e tutti quei canonici cui il capitolo di San Giorgio aveva affidato chiese e terre, i quali, in maniera del tutto indipendente, decisero di ristrutturare o ricostruire.

Camminando per la città, dunque, si vedeva una sorta di cantiere a metà che riguardava le case di Dio ma non quelle degli uomini.

Tuttavia, da qualche giorno, la situazione sembrava in via di soluzione.

I San Giovannari avevano deciso di colonizzare l'altopiano creando altrove un loro spazio, dove avrebbero stabilito nuovi ruoli, cariche e gerarchie.

I nostalgici San Giorgiari, invece, dopo anni di guerre fratricide avevano ottenuto l'autorizzazione per la tanto agognata ricostruzione *in situ*. Si profilavano due città distinte, con santi patroni diversi e ambizioni opposte.

Eppure, nonostante la pace fatta e sancita all'interno delle rovine di San Giorgio, una certa indolenza aveva impastoiato quel desiderio che gli anni avrebbero dovuto ingigantire.

«Non capisco cosa stiano aspettando», disse lamentoso Bernardo guardandosi intorno.

«Aspettano che qualcuno dia loro la spinta, e quel qualcuno dev'essere un aristocratico, una guida, un uomo illuminato che insegni loro a guardare alla bellezza. Si sono abituati all'inerzia e adesso hanno paura di muoversi, di cambiare.»

Bernardo osservò con attenzione le ferite ancora aperte, i balconi crollati e accatastati sugli angoli e le travi, come puntelli, che cercavano di frenare altri crolli.

Non potendo ricostruire il palazzo di famiglia, aveva ricostruito la sua canonica; compito che lo aveva assorbito notte e giorno per dieci lunghi mesi. Lui stesso stava lì a impastare malta, a far da monovale al capo mastro e a dare consigli sulla parte estetica. E più i muri s'alzavano e le forme si componevano più Bernardo sentiva crescere dentro di sé una gioia sincera, un'emozione diversa. Nella pietra che si plasmava e diventava struttura, egli vedeva una luce che mai aveva visto, una meraviglia che solo una volta aveva sfiorato. Nelle forme sinuose dei capitelli e nella sobrietà delle colonne ritrovò i sorrisi di Tresina e nel bianco della pietra, che al sole diventava oro, i capelli di suo figlio. Si emozionava ogni qual volta veniva alzata una parete o ripristinato un tetto e a ogni cantiere sparso per la città si fermava ed elargiva una benedizione, richiamata dall'oblio del passato, ma pur sempre valida. I tagli netti sulla pece lo incantavano così come la capacità di certi mastri di modellare la pietra informe e scoprirne il miracolo della bellezza racchiuso all'interno.

«Le linee devono essere sinuose ma essenziali, funzionali a una città moderna e imponenti come una città antica.»

Si fermava quasi origliando le conversazioni di architetti e nobili esteti e si informava di ogni cosa con una avidità e una bramosia che non sapeva di avere.

Tuttavia, quando i lavori della piccola canonica furono conclusi, egli si rifiutò di entrarvi. Prese la grande chiave del portone e la consegnò al ciumararo.

«Io sto bene in convento; quella casa, sebbene diversa, conserva i miei ricordi più belli e vorrei custodirli così come riesco a ricordarmene. Voi, piuttosto, non potete dormire per sempre in una sacrestia, quindi preferirei che ci andaste, a nome mio e di chi quella casa la amava.»

Il ciumararo, afflitto dall'età, aveva opposto qualche resistenza salvo poi cedere, vinto dalla stanchezza e dal desiderio di un giaciglio che fosse più morbido di una panca di legno. Ma le sue placide notti furono poche. Dopo meno di un mese, il ciumararo venne trovato morto, in quel letto di lana, morbido come una nuvola e caldo come l'estate. Stringeva un rosario tra le mani e indossava l'unico vestito pulito che da sempre aveva indossato la notte di Natale di ogni anno.

«L'ha capito», sussurrò Gasparino mentre una lacrima gli solcava il viso.

«Tutti lo capiscono, bisognerebbe avere il tempo di farlo capire a chi resta», rispose Bernardo, fingendo che il rosso nei suoi occhi fosse dovuto alla polvere.

La luce di quella mattina di settembre risultava incerta, come se una leggerissima foschia, a tratti impercettibile, rendesse le immagini sfocate, quasi oniriche.

Bernardo cominciava ad avvertire il peso di quella strada e, con frequenza sempre più ravvicinata, era costretto a fermarsi a prender fiato.

Anche quel giorno si fermò, poggiandosi a un muretto e provò a respirare a pieni polmoni.

«State bene?» domandò padre Costante offrendogli dell'acqua.

Bernardo la rifiutò con un gesto della mano e si slacciò i primi due bottoni del talare.

«L'età caro amico, ne abbiamo già parlato...»

«E non credete che oltre all'età sarebbe il caso di farsi visitare da un medico?»

«No», rispose quello risoluto, «credo che il destino non vada forzato, mai.»

Poi i suoi occhi si socchiusero, diventando piccole feritoie e guardarono oltre la strada.

Dinanzi a lui trionfava, come un fiore sulla sabbia, il grande portone del convento degli agostiniani.

La facciata era tirata a lucido mettendo in mostra la sobria eleganza dell'edificio.

«Hanno lavorato alacremente, tutti, nessuno escluso», commentò padre Costante, notando che Bernardo ammirava la maestria del risultato.

«L'altro giorno il priore Girlando ha chiesto di voi», continuò il frate timoroso. «È costretto all'immobilità e la sua vista è sempre più debole, però continua a dettare regole e a farle rispettare.»

Bernardo fece una smorfia indecifrabile e si scostò dal muretto.

«Andiamo?» domandò mostrandosi rinvigorito.

«Non volete passare a salutarlo?» chiese padre Costante indicando con il mento l'ingresso del convento.

Il parroco fece un lungo respiro poi, impacciato, indugiò a guardarsi le unghie delle mani.

«Sono passati molti anni, sono cambiate troppe cose... io non lo so...»

«Un giorno potreste rimpiangere la possibilità di questo momento.»

Padre Costante aveva toccato un tasto dolente; se c'era timore in Bernardo era quello del rimpianto, di chiudere gli occhi sentendo il rimorso di aver potuto e non aver voluto fare qualcosa.

Rimase ancora un po' a torturarsi le mani e poi esclamò: «Cinque minuti, non di più».

«Fate pure», sorrise il frate, «vi aspetto qui.»

Varcata la soglia del convento, Bernardo ebbe, per una frazione di secondo, una sensazione di familiarità. Quelle mura, quel cortile con le sue colonne sobrie e le imponenti arcate, lo rimandarono agli anni da seminarista, gli unici anni della sua vita in cui studio e cultura andavano di pari passo con la fede.

L'edificio era del tutto stravolto, forse migliorato, ma di certo cambiato, ma Bernardo L'Arestia riconobbe dimensioni e volumi, come un uomo innamorato riconosce gli occhi di chi ama, anche se il tempo ha mutato le forme e i lineamenti.

«Chi siete?» chiese il padre portinaio incuriosito.

«Sono Bernardo L'Arestia Corbara, padre parroco della chiesa della madonna dell'Itria e agostiniano, come voi.»

L'uomo accennò un sorriso di circostanza.

«Cosa vi serve, padre?»

«Desidero vedere il priore.»

«Padre Girlando è molto ammalato e in questo momento sarà nella sua cella.»

«Chiedete a lui», lo incalzò Bernardo poggiandogli una mano sul braccio. «Dite che qui fuori c'è Bernardo; lui capirà.»

Il padre portinaio si sottrasse alla sua stretta e si allontanò.

Non fu necessario attendere più di qualche minuto prima che tornasse chiedendo a Bernardo di seguirlo.

Si incamminarono per un dedalo di corridoi e chiostri, sale comuni e biblioteche, prima di giungere dinanzi alla cella del priore.

«Potete entrare», lo salutò algido il frate, «ma non fatelo affaticare.»

La stanza del priore era buia, appena rischiarata da una sola fonte di luce che si apriva come la bocca di un cannone e conferiva all'ambiente un alone di mistero. L'odore poi era stagnante e nauseabondo, come se il corpo esile ed emaciato del vecchio stesse marcendo prima di morire.

Bernardo fece due passi e il priore si voltò.

«Tu sei grande Signore, e ben degno di lode; grande è la tua virtù e la tua sapienza incalcolabile. E l'uomo vuole lodarti, una particella del tuo creato, che si porta attorno il suo destino mortale, che si porta attorno la prova del suo peccato e la prova che tu resisti ai superbi.»

«Sono io, Bernardo», disse piano e timoroso il parroco.

«Lo so, lo so… sei tornato finalmente.»

«Non sono superbo padre Girlando, non lo sono più.»

Il vecchio alzò la mano tremula e gli fece cenno di avvicinarsi.

«Hai scelto l'ordine degli Agostiniani perché nel peccato di Agostino avevi visto il tuo, prima ancora che avvenisse. Paragonarti a lui ti ha fatto sopportare meglio la mancata vocazione e ti ha dato forza e coraggio per andare avanti. Ma, figlio mio, Agostino ha compreso, dopo aver peccato Egli ha compreso. Tu, Bernardo L'Arestia Corbara, tu, hai compreso?»

Il padre parroco rimase immobile, chiuso in un silenzio feroce. Poi le sue labbra, seguendo l'istinto e non la ragione, si allargarono in un sorriso lieto, felice e pieno. Una risata frizzante, come un fiume che esonda, come un mare che travalica, come un cuore che si apre, si impossessò di lui riportandolo all'allegra felicità di un tempo.

«Non lo so, padre. Non ne sono sicuro, ma va bene così.»

Quando uscì dal convento Bernardo aveva uno sguardo nuovo, più disteso. Sembrava che le sue rughe si fossero appianate come forse la sua anima, sempre in tumulto.

«Comincerò io», esclamò soddisfatto piantandosi al centro della strada con le braccia spalancate.

«Cominciare a fare cosa?» domandò il padre Costante stupito.

«Ricostruirò Palazzo L'Arestia e darò la spinta a questo popolo rivoltoso con i santi e immobile con gli uomini.»

«Ma la vostra posizione è delicata, padre. Siete un servo di Dio e avete già scosso molti prelati dalla loro indolenza ricostruendo la canonica...» Padre Costante cercava argomenti, ma senza successo.

«Forse è questo il compito che mi rimane; scuotere...» e Bernardo lo disse incamminandosi, mentre il seme dell'immaginazione e del sogno di una città nuova, folgorante e bellissima, germogliava in lui come germoglia l'amore.

Capitolo 30

Ibla, 9 ottobre 1705

Nella cella di Bernardo, una piccola scrivania, addossata al muro di fronte al letto, da giorni era stracolma di disegni, schizzi, progetti e calcoli.

Da quando, come per una illuminazione improvvisa, aveva preso la decisione di dare lui inizio alla ricostruzione vera e propria della città, non si era più fermato. Una sfilza di architetti era venuta a proporsi a Bernardo, che li riceveva tenendosi a fianco il giovane Gasparino.

Gli sottoposero vari schizzi per dare veste nuova all'avito palazzo, ma il visionario reverendo L'Arestia riscontrò carenza tra imponenza e leggerezza, tra flessuosa dinamicità dei volumi e maestosa immobilità. Per uno solo s'era entusiasmato, un architetto d'età indefinibile e con un ricco bagaglio di viaggi, esperienza e confidenza con la grande architettura romana.

Trascorreva le sere al convento vagliando progetti, guardando e immaginando, sognando e pianificando.

«I bassi, li vedi? Sono troppo imponenti, come se qualcuno dovesse attaccarli. Io vorrei invece qualcosa che tendesse all'alto, che unisse l'uomo al cielo.»

«A Dio...» puntualizzò Gasparino che prendeva appunti e cercava di riportarli sui disegni.

Bernardo lo guardò perplesso.

«Forse», rispose dondolando la testa. «Forse.»

Andarono avanti così per un mese, con decine di fogli disordinati tra le mani e mille discorsi che si intrufolavano tra le volute di un capitello e morivano sullo spigolo di un timpano.

«L'uomo, Gasparino mio, l'uomo è straordinario. A lui è data la capacità di comprendere, desiderare e anelare alla bellezza e nessuno, dico nessuno, potrà impedirgli di ricercarla, sempre.» Poi si sdraiava sul letto, visibilmente stanco e affaticato.

«Chiamiamo casa l'edificio in cui l'uomo trova rifugio, il tempio della sua umanità; pertanto la propria casa va curata e custodita non per dare sfoggio di sé ma per lasciare un'impronta di tangibile bellezza in futuro. Bisogna costruirla con dedizione, prestando attenzione ai dettagli, curando i particolari, accarezzando le sfumature.»

Poi socchiudeva gli occhi e si addormentava sulle ultime parole, che suonavano come un'eco tenue dei suoi pensieri.

«Chiamiamo casa, Gasparino mio, l'edificio in cui l'uomo trova rifugio, il tempio della sua umanità... ci si innamora della bellezza, sempre, in tutte le sue declinazioni...»

Una mattina, prima che il reverendo, ostinato e debole, si accingesse a salire all'Itria, Gasparino fece irruzione nella sua cella.

«Domando perdono, padre Bernardo, ma avrei una cosa da mostrarvi.»

Bernardo era ancora seduto sul letto e una astenia dolente rallentava ogni suo gesto, tutti i suoi slanci. Guardò quel ragazzo come fosse la prima volta e si stupì nel vederlo improvvisamente uomo.

I capelli ispidi e neri avevano lasciato spazio a una chioma lucida che scendeva a lato degli zigomi, incontrando una barba folta e ben distribuita.

Gli occhi, sempre vispi e intelligenti, s'erano allungati in una forma più sinuosa e languida. I denti invece non si erano sistemati conferendogli un eterno sorriso da bambino.

Non era diventato un gigante ma era ben proporzionato, con un fisico asciutto e snello sebbene minuto.

«Quanti anni hai?» gli domandò senza neanche salutarlo.

«Ventidue, padre.»

«Sei cresciuto...» constatò Bernardo compiaciuto.

Gasparino sorrise per quella osservazione scontata.

«Vieni qua», disse il parroco battendo un paio di colpi sul letto.

Il ragazzo gli sedette accanto e srotolò un grande foglio sul quale era disegnato un magnifico prospetto, dalle proporzioni minuziose e regolari.

«L'hai fatto tu?» domandò Bernardo sorpreso.

Il ragazzo annuì, mostrando con il rossore l'imbarazzo per la sua stessa audacia.

«Volete che ve lo descriva?»

Bernardo sorrise e tanto bastò a Gasparino per sentirsi autorizzato.

«Ho pensato all'edificio come a un imponente blocco

rettangolare scandito da finestrature regolari interrotte da balconi decorati esclusivamente in corrispondenza degli assi di simmetria. Per il portone centrale, invece, ho immaginato un apparato decorativo più complesso che diventi una sorta di invito o benvenuto a chi entra. Le aperture sono incorniciate da stipiti tutti uguali in una pietra bianca e dorata, per riflettere la magnificenza della luce diventando luminosa, essa stessa.»

Bernardo lo ascoltò con piacere inusitato, lasciandosi portare da quella voce che ricordava le note acute della gioventù ma abbracciava le basse dell'età adulta.

«E tutte queste cose come le sai?» domandò d'un tratto, ammirato da quella evidente padronanza della materia, consapevole di non avere contribuito molto.

«Da tre anni studio arti e aiuto gli architetti che valutano i nostri edifici, mi ci avete mandato voi...» spiegò Gasparino.

«Hai imparato in fretta», disse Bernardo compiacendosi e appoggiando la mano incerta sulla spalla del ragazzo.

«A me il tuo progetto piace, ha l'armonia che cercavo e il fatto che l'abbia realizzato tu è il più grande regalo per Eligio e per me.»

Gasparino allargò un sorriso mostrando i dentoni infantili, mentre gli occhi diventavano rossi e lucidi.

S'alzò grato e si mosse verso la porta, ma prima che uscisse Bernardo volle chiarire: «Pensaci tu, mi raccomando».

All'alba del 20 ottobre 1705, una squadra di muratori guidati da uno dei migliori capo mastri di Ibla, sotto la direzione precisa e capace di Gasparino, si ritrovò sui resti di Palazzo L'Arestia Corbara per dare avvio ai lavori. Nei pressi del rudere malridotto si riunì una piccola folla di popolani e notabili che, tra ammirazione e livore, tenne a battesimo la prima opera privata di ricostruzione.

V'erano un po' tutti: esponenti del governo, aristocratici visionari o ingrigiti nell'aspetto e nell'animo. Ma c'erano soprattutto persone comuni, a cui l'iniziativa di un singolo avrebbe potuto cambiare le sorti.

Rimasero lì a osservare, in religioso silenzio, come se tra scalpelli e martelli, malta e carriole si stesse celebrando un rito di rinnovamento e rinascita.

L'unico che mancava era proprio Bernardo.

S'era alzato come ogni mattina, quando il sole era ancora nascosto dietro gli Iblei ma cominciava a rischiarare con livide tinte il cielo.

Aveva sciacquato il viso nel catino e indossato il suo talare, avendo cura di non dimenticare nessun bottone.

Poi aveva preso il mantello e si era incamminato verso Ibla.

Come sempre, padre Costante gli si era messo accanto, arrancando per l'erta salita che ogni giorno pesava di più.

Era avvenuto però che d'un tratto, senza la ragione d'un perché, Bernardo si fosse piantato in mezzo alla strada e senza dire una sola parola avesse fatto un giro su se stesso riprendendo la strada al contrario.

«Avete dimenticato qualcosa?»

Ma Bernardo non rispose, continuando, con passo affaticato a tornare verso il convento.

«Padre, oggi cominciano i lavori, Gasparino vi aspetta...» Padre Costante provò a strappargli una parola, anche solo un cenno, ma Bernardo camminava a occhi bassi e labbra serrate.

Solo giunti nel primo chiostro si appoggiò all'amico frate e gli sussurrò all'orecchio: «Accompagnatemi nella mia stanza, Costante; ho bisogno di riposare e oggi è il giorno migliore».

Il frate serrò la mascella stringendo i denti così forte da sentire dolore; prestò la sua spalla fino alla cella e lo aiutò a distendersi.

«Vi chiamo un dottore?» chiese inginocchiandosi al suo fianco.

«Per carità amico mio, non vorrete privarmi della gioia di questo momento?» E sul suo viso un sorriso si confuse a una lacrima.

«E Gasparino? Lo mando a chiamare?»

«Non ci provate! Oggi è il suo giorno. Gasparino ha ben altro da fare che accudire un vecchio sacerdote. E adesso, vi prego, lasciatemi dormire, sono stanco.»

Padre Costante chinò il capo fin quasi a toccarsi con il mento il petto, si alzò, facendo scricchiolare le ginocchia attempate e gli segnò la fronte con la croce.

«Io resto vicino, chiamatemi, vi prego.»

Rimase così, fuori dalla piccola cella, per tre lunghissime ore. Al suo fianco, con le mani intrecciate da un rosario in legno, stettero fra Lorenzo e il priore Tolomeo.

Attesero pregando e pregando lo accompagnarono. Poi, d'un tratto, dalla cella sentirono un suono, una nenia cantata da una voce sofferta ma tenera, soave e serena.

«E a la vo
Voli li canti
Comu lu figghiu di li mircanti
Voli li canti e li canzuni
Comu li figghi di li baruni
Dormi me figghiu ca la naca è nova
D'oru li cordi e d'argentu li chiova
Lu chirchiteddu di curallu finu
Dormi me figghiu finu a matinu.»

Padre Costante appoggiò l'orecchio al legno della porta e i suoi occhi si riempirono di lacrime.

Toccò la maniglia, come per entrare, ma poi la lasciò andare.

«Che fa, canta?» domandò fra Lorenzo stupito.

«È una ninna nanna», rispose padre Costante combattendo il tremore del mento. «Si sta preparando al suo sonno, l'ultimo. Andiamo fratelli, preghiamo per l'anima del nostro amato Bernardo.»

Capitolo 31

Ibla, 19 ottobre 1705

Mio adorato Gasparino,
ti scrivo questa lettera in uno dei pochi giorni in cui sento le forze assistermi e la lucidità venirmi incontro, chiara e folgorante.
Desidero che tu sia l'erede di ogni mio bene; bene che ho ereditato da quell'uomo straordinario e puro che sono certo condividerebbe la mia scelta.
Acquisisci il nome dei L'Arestia Corbara e fallo tuo, con l'orgoglio che si deve non a una casata ma al privilegio dell'amore. Sì, mio caro ragazzo, perché l'amore ha unito te a noi in un rapporto di assoluta reciprocità e lietissimo disinteresse.
Dedica il tuo tempo alla cura della casa e a quella del tuo corpo; sono entrambi recipienti preziosi per accogliere, l'una e l'altro, memoria e anima.
Sii generoso, osserva senza giudicare, dai la preferenza al sorriso ma quando serve liberati piangendo.
Ama, caro Gasparino, ama più che puoi perché l'amore, nelle sue infinite forme e nelle sue complicate incongruenze, rimane il più compiuto e perfetto tra i

sentimenti umani, l'unico in grado di salvarci dalla morte.

E quando potrai, quando vorrai, ricorda Eligio e ricorda me, non consegnare all'oblio la mia esistenza, a tratti perduta e a tratti ritrovata.

Ricordati dell'uomo combattuto che sono stato, io che ho odiato ma ho amato di più, che ho giurato e rinnegato, promesso e tradito ma anche ho sofferto per riparare come potevo ai miei torti.

Abbi fede in Dio, se vuoi, se puoi. Provaci almeno, difendi e lavora per ciò che senti vibrare in cuore come una fiducia smisurata nell'uomo e nel suo Creatore.

Io non so, mio caro arcipetto, se ho mai creduto davvero in Dio; l'ho abbracciato fintanto che la vita mi ha sorriso; l'ho celebrato quando l'amore mi si è svelato ma l'ho odiato, con ferocia, quando ho pensato che mi avesse tolto tutto. E proprio quando ero certo che non l'avrei mai più ritrovato, mi è sembrato di incontrarlo di nuovo. Sai dove, Gasparino?

L'ho visto nella bellezza, nelle forme sinuose e morbide, nelle volute ardite, nella luce che colpisce la pietra e la rende simile all'oro. L'ho visto nell'opera di chi vuole ricostruire ma anche nel ritegno di chi teme di perdere tutto, di nuovo. L'ho visto nei miei ricordi felici, quelli che mi hanno tenuto vivo.

Oggi, che sento la morte tanto vicina da poterle parlare e la paura stringermi la gola fino a soffocare, posso confidarti l'unica cosa che vorrei ti rimanesse di me: se io ho dubitato di Lui, Lui di certo ha sempre creduto in me.

Buona vita, Gasparino L'Arestia Corbara, che Dio t'assista e la Madonna t'accompagni.

P.S.
Due notti fa, per la prima volta, ho sognato il volto di mio figlio. Credevo che non l'avrei più rivisto e invece mi è apparso nitido, come una verità.
Ti lascio dietro questo foglio uno schizzo; ti prego, fai restaurare la madonna dell'Itria alla quale il terremoto aveva frantumato il volto del Bambino. E rendilo quanto più simile al volto del mio piccolo Eligio.

Con amorevole benedizione

Padre Bernardo

NOTA DELL'AUTORE

Il terremoto dell'11 gennaio 1693 è stato uno degli eventi sismici più distruttivi e deflagranti della storia d'Europa. Con una magnitudo momento pari a 7,31, 45 centri abitati distrutti e 60.000 vittime è considerato in assoluto il terremoto più forte registrato nel territorio italiano.

Dalle ceneri di questo catastrofico evento, il cui sciame sismico perdurò per tre lunghi anni, è sorta tuttavia una delle zone architettoniche più belle del mondo.

Il tardo barocco del Val di Noto è pertanto figlio di quelle rovine, del dolore, dello sgomento ma anche della grande forza d'animo che spinse tutta la popolazione colpita a rinascere e risplendere.

L'11 gennaio 1693 in fondo è metafora stessa della Sicilia che cade e si rialza, ma è anche paradigma della natura dell'uomo che, pur nello sconforto, riesce a trovare la forza di guardare oltre.

Con questo libro, che non vuole essere una ricostruzione storica dei fatti ma solo un inno alla rinascita, ho inteso celebrare la mia Sicilia e in modo particolare la mia terra, la mia Ragusa Ibla, la mia storia.

Celebro la forza degli uomini che qui hanno tracciato e innalzato templi di bellezza, ma soprattutto esalto le contraddizioni, le dicotomie e i dubbi, che da sempre spingono l'uomo a migliorarsi.

Bernardo, così come tutti i protagonisti di questo romanzo, è frutto della mia fantasia, riassunto dei miei sogni e sintesi delle mie paure.

Eppure, in una parte recondita di me, io credo fermamente che egli sia esistito davvero, col fardello della sua esistenza sulle spalle, con la sua filosofia di vita e con la sua dissidenza innata.

E, d'improvviso, abbia deciso di venirmi in sogno per farsi raccontare.

RINGRAZIAMENTI

Scrivere i ringraziamenti per questo libro amatissimo, sofferto e molto desiderato non è cosa facile.

Proverò a stilare un elenco avendo ben chiaro che lo stesso, di per sé, non rende giustizia.

Mi perdonerà il lettore, al quale affido questo «figlio» se, peccando di presunzione, innanzitutto ringrazierò me stessa per avere anteposto tutto e tutti alla stesura dello stesso.

Per tale ragione oltre a ringraziarli, stavolta, vorrei scusarmi con la mia famiglia, con Sebastiano e Amalia, con Claudio, con i miei genitori, con Vicky, con i miei nonni e mio zio per essere stata poco presente e spesso stralunata: talvolta ero in compagnia delle incostanze e delle bizzarrie di Bernardo, dei suoi anni felici e di quelli complessi.

Grazie di cuore ai tanti che mi hanno sostenuta rispondendo e chiarendo i miei dubbi nelle persone del padre parroco della Chiesa Madre di San Giorgio, don Pietro Paolo Floridia; del professor Giuseppe Barone; dell'assessore Giovanni Gurrieri e del dottor Andrea Ottaviano.

Grazie al professor Andrea Bizzozero, docente di Patristica, per avermi trasmesso passione e interesse.

Grazie a Enrica Asaro, amica cara, per le lunghe telefonate di supporto.

A Lucrezia Schininà, per la sua immensa disponibilità.

A Roberta Iannì, per il suo spirito di accudimento, verso me e tutte le derivazioni di me.

A Giovanni Taglialavoro, per la grande fiducia che ha voluto accordarmi e per la sua splendida amicizia.

A Moni Ovadia, per avermi sempre regalato i suoi consigli e il suo conforto.

A Mario Incudine, per le traduzioni dal siciliano e per avermi «donato» una magnifica e tenera ninna nanna.

Ad Antonella Fassi, Ornella Matarrese, Chiara Spaziani e Stefano Losani, per esserci stati sempre con gioia e disponibilità e averci fermamente creduto.

A Maria Paola Romeo, che legge e mi gratifica.

A Elisabetta Sgarbi, la mia adorata editrice, il cui entusiasmo mi incoraggia e la fiducia mi onora.

E infine grazie a voi, che ostinati come gli uomini e le donne del Val di Noto, siete arrivati fin qui.

Come sempre, vi stringo tutti.

Stampato nel febbraio 2024 per conto di Baldini+Castoldi s.r.l.
da Puntoweb s.r.l. – Ariccia (Roma)